向着
光亮那方
前行，

谁的青春
都会
出彩

尹剑峰 龙梅兰 /著

文汇出版社

图书在版编目 (CIP) 数据

向着光亮那方前行，谁的青春都会出彩 / 尹剑峰，
龙梅兰著 . — 上海：文汇出版社，2016.7
　ISBN 978-7-5496-1785-2

　Ⅰ . ①向… Ⅱ . ①尹… ②龙… Ⅲ . ①随笔 - 作品集
- 中国 - 当代 Ⅳ . ① I267.1

　中国版本图书馆 CIP 数据核字 (2016) 第 145217 号

向着光亮那方前行，谁的青春都会出彩

著　　者 / 尹剑峰　龙梅兰
责任编辑 / 戴　铮
装帧设计 / 天之赋设计室

出版发行 / 文匯出版社
　　　　　上海市威海路 755 号
　　　　　（邮政编码：200041）
经　　销 / 全国新华书店
印　　制 / 北京毅峰迅捷印刷有限公司　　010-89581657
版　　次 / 2016 年 8 月第 1 版
印　　次 / 2016 年 8 月第 1 次印刷
开　　本 / 710×1000　1/16
字　　数 / 148 千字
印　　张 / 14.5

书　　号 / ISBN 978-7-5496-1785-2
定　　价 / 32.00 元 .

序　言

　　在茫茫人海中，每个人都沿着各自的人生轨迹在奔走着。

　　不同的人生轨迹，造就了不同的生活：有的人在自己梦想的征途上满怀激情地奋斗着，一生充满了能量；而有的人却在平淡乏味的生活中失落不已，怀着混日子的心态打发着时光。

　　在同一个时空下，不同的人面对着不同的生活，有的人体验到的是惬意与幸福，有的人感受到的却是倦怠和痛苦。

　　有些人常常把人生的成败归为机遇或命运，似乎别人的成功都是机遇的眷顾，而自己的失败却是命运的安排。其实，决定成败的根源，在于人们对待生活方式的差异和职业选择的不同。

　　不同的职业选择，造就了不同的人生轨迹。要知道不同的职业，其发展空间是完全不一样的，有的职业看起来不错，似乎很平稳，但它往往是沿着水平方向发展的，或者沿着一个固定的轨迹在那里做"圆周运动"。

　　这种看起来的稳定，其实是在浪费生命。把一生的时间，都用于重复做着一份简单的工作，毫无突破，也毫无成就感，唯一积攒的就是内心越来越重的厌倦感。

一个人生活的快意，往往来源于内心的激情，而一个人的激情，又往往来自于他那蒸蒸日上的事业。一个人只有在持续的奋斗中，才能体验到成功所带来的快感，也只有在激情燃烧的岁月中，才能源源不断地释放出自己的潜能，从而不断铸就新的辉煌。

　　成功的人，并不是因为他们能力超群，而在于他们选对了一条适合于自己的路，找对了人生的方向，从而在自己的事业道路上不断奋进和忘我追逐。

　　做正确的事，走正确的路：要相信，从来没有太晚的开始，只要向着光亮那方前行，你的青春一定会出彩！

尹剑峰

2016 年 5 月 1 日

目 录
Contents

第一章　向着光亮那方前行，谁的青春都会出彩……001

世上并没有如愿以偿的人生……002

做个努力的人，你就是自己的"王"……006

要相信，从来没有太晚的开始……009

你要配得上更美好的世界……011

一个热爱生活的人，永远站在前排……013

你的时间有限，不要为往事而活……016

命运永远厚待认真生活的人……019

第二章　在纷杂的世界里，你要用眼光洞见未来……022

内心浮躁的人，需要停下来思考一下……023

你可以拥有自己想要的生活……027

不要让所谓的稳定害了自己……030

愿所有的遗憾都是一种成全……033

在纷杂的世界里，你要有眼力洞见未来……036

不要让一成不变的生活套牢你……039

幸福的模样，就是你拥有的样子……042

第三章　向命运宣战，让未来现在到来……046

每一次努力的背后，必有加倍的赏赐……047

永远相信美好的事情即将发生……051

选择新的姿态，让生活没有遗憾……054

一切都会有最好的安排……057

以自己喜欢的方式去享受人生……061

做最好的自己，让将来的你无可替代……063

因为经历过，所以才懂得……067

第四章　只要无所畏惧，全世界都为你喝彩……070

我只是在改变我不想过的生活……071

你的生命，只有在拼搏中才能绽放光彩……074

谢谢自己能一直坚强下去……077

具备开始的勇气，就有了成功的豪情……080

愿你的选择，配得上自己所受的苦……083

任何的限制，都是从内心开始的……087

幸福是一种感觉，快乐是一种境界……091

第五章　在残酷的世界里骄傲地走下去……095

这些年吃的亏，都是因为不懂世界……096

零度以下的人生，依然能够沸腾……101

做自己喜欢的事，无所谓多少次的失败……105

这世上没有所谓的横空出世……109

那条路，只能一个人去走……113

我终于学会了不慌不忙地坚强……116

每一个优秀的人，都懂得珍惜当下……121

第六章　改变心态，让内心的力量强大起来……124

焦虑情绪，彻底改变要趁早……125

打翻了的牛奶，不值得为它哭泣……128

走好每一步，终会与梦想相遇……131

你比看上去更勇敢……134

努力奋斗是为了不辜负自己……136

请尊重内心的每一次诉求……140

用心会让你与众不同……143

第七章　跳出思维的墙，你才能看到最美的风景……146

环境不会改变，那就先改变自己……147

不忘初心，方得始终……151

跳出"惩罚"的陷阱，营造快乐人生……154

学习认错，因为我输不起明天……158

不要迷信自己的"逻辑"……161

善用内在潜能，你就是走运的人……165

终结拖延，时时充满紧迫感……168

第八章　改变风格，让明天感谢不抱怨的自己……172

抱怨过，才会接纳不完美的世界……173

不如意终有一天都会烟消云散……176

就让自己来一场绚丽多彩的突围……179

怨恨是弱者的毒药……182

按自己的意愿快乐过一生……185

告别弱小，做强大的自己……188

即使是不成熟的行动，也胜于胎死腹中的构想……191

第九章　世界并不完美，转变才能拥有美好明天……194

完美只是一种理想，缺陷其实是一种恩惠……195

鞋子合脚，路走得更远……199

聪明的人，都懂得适可而止……202

明天的出彩，得益于你今天的改变……205

当我放过自己的时候，人生会更出彩……208

追求自己所向往的生活……212

转变之前，请先终结你的拖延症……215

后　记　让每一个人的青春都要出彩……220

第一章

向着光亮那方前行，谁的青春都会出彩

路要靠自己走。

在我们短暂的人生旅途中，总想走出一条属于自己的光明大道，开创一片属于自己的未来领地。然而正当自己信心满满地前进时，前方却总是烟雾弥漫，无法看清前方的路标，以至于无法前行。

这时的你，一定要坚信：路是脚踏出来的，人生的完美刻在脸上，人的每一步行动都在书写自己的历史！

世上并没有如愿以偿的人生

　　眼睛当然是用于观察的，只不过人一旦张开眼睛，目光总是直视前方，看到的大都是他人的是是非非。

　　虽然眼睛长在自己身上，离自己最近，可是因为没有内视功能，反倒最无法看清自己。

　　正如星云大师所说：人最熟悉的是自己，最陌生的也是自己；最亲近的是自己，最疏远的也是自己。

　　人有双眼，可以看见世界万物和人间种种，可就是看不到自己；能看到别人的缺陷或过失，却看不到自己的不足；我们总是把目光集中在别人身上，而很少去关注自己、认知自己。

　　有多少人能看清自己呢？

　　古语说：知人者智，自知者明。认知自我是智慧的开端，尼采曾经说过这样一句话："聪明的人，只要能认识自己，便什么也不会失去。"

　　高估或低估自己，都是失败的根源所在。

　　这则故事很能说明这个问题：有一天早晨，一只狐狸起床后，斜阳照过来，在晨曦中它看见自己的影子特别大，就骄傲地说："今天，我要抓一头牛来做午餐。"

于是整个上午，狐狸都在为寻找牛而四处奔波着。但遗憾的是，到了中午它也没有抓着牛，于是颇有些失落。

这时，正午的太阳恰好垂直照在狐狸的头顶上，它看见自己的影子特别小，便垂头丧气地说："就我这个样子，能抓到一只小鸡就不错了。"

同一只狐狸，转眼之间就犯了两次完全相反的错误。当然，这与它选择的参照物有关。

早晨时，斜阳拉长它的身影，使它产生了错觉，认为自己很强大，于是野心膨胀，以为自己能吃掉一头牛；到了正午时分，在太阳的垂直照射下，它的身影又缩小到了极点，于是又让它产生错觉，认为自己是最弱小的，顿时失去了信心，甚至觉得能抓到一只小鸡都成了一种奢望。

人也一样，在梦想的世界里，有的人常常自命不凡，认为自己非常聪明，有抱负，有能力，于是就会把人生的目标和生活的标准定得很高，把眼光抬得很高，以至于目空一切。

这样的人，一旦他在生活中碰到挫折，甚至四处碰壁时，又很容易全盘否定自己，认为自己一无是处，开始破罐子破摔，消极应世。

而成功的人却不一样，他们能够正视自己，以追寻真正属于自己的生活。

这样一个故事让人颇有感触：28岁的李哲亚出生在河北一个贫困山区，他小时候就被称为"笨小孩"，初中没有念完就辍了学，背着行囊去北京打工。

2004年，李哲亚在北京找到的第一份工作就是端盘子。作为一名饭店的传菜员，其中的艰辛可想而知，但是倔强的他咬牙发誓："一定干出点名堂来！"

作为年轻人，李哲亚也是一个"追星族"。做了两年传菜员后，2006年，为了能接近自己心中的偶像"水木年华"，他决定到清华大学餐厅端盘子。

但是，当时"水木年华"已经毕业了。

生活还要继续，李哲亚决定还是留下来。

清华大学浓厚的文化气息让李哲亚深受感染，可是自己初中都没有毕业，和别人沟通时有很大的压力；又因为应聘一个楼长被拒绝，他的内心充满了被生活遗弃的沮丧。

为了改变自己的命运，李哲亚决定选择成人高考上大学，可是事情并没有他想的那么简单。但是他相信"勤能补拙"，在付出了比别人几倍的时间和辛苦后，他终于在2009年考上了北京师范大学计算机专业。

然而，李哲亚的大学文凭并没有给他带来理想的工作，不过他的坚持却让一家网络公司老总感动了，于是他被聘用了。

可是，在试用期间，虽然李哲亚勤奋努力，却没有促成一单业务。他没有气馁，主动找到老总说："能不能让我做一名不拿工资的业务员？"

李哲亚珍惜这份来之不易的工作，拼命地加班加点，苦学业务知识。两个月后，这位零底薪的业务员促成了他在公司的第一笔业务。然后，公司以6000元的底薪外加业务提成的待遇重新起用了他。

两年后，李哲亚成了公司的副总裁。

大家都以为李哲亚会向人生的巅峰冲刺，可想不到的是，他却选择了辞职，开办了"青春梦想同龄同行"学习班，给专门来京打工的人补习功课。

他内心最大的梦想，就是尽自己的所能改变更多人的命运。

对于今天的转变，李哲亚说："上帝为每一只笨鸟都准备了一个矮树枝，学历和背景不是关键的因素，坚持比聪明来得更加重要。"

由此可见，在人生的道路上，不管你的起点如何低，背景如何卑微，只要你能看清人生前行的航标，对梦想有一份执着和坚持，就一定能走进崭新的未来，找准属于自己的位置，从而打造人生的辉煌！

其实，很多人的失意往往都是因为找不准自己的位置。

找不准位置便不知道自己的价值所在，也就不知道自己真正想要什么，真正能做些什么。

这样的结果，只能是在生活和工作中一再受挫。

一受挫后，又开始逐渐否定自己，感觉自己非常渺小，甚至一无是处，于是连起码的斗志都消磨了，最后让自己深陷泥沼之中，苦不堪言。

有人说，你是雄鹰就要在天空翱翔，是狮子就要去森林奔跑。如果雄鹰离开天空，狮子离开森林，那么它们就再也不是"天空之灵""森林之王"，因为它们离开了属于它们自己的

位置。只有在它们的位置上，它们才能展现出自己的力量。

很多人自以为自己有本事，随便放在哪里都能成为闪闪发光的金子，这种想法是大错而特错的——赵括找错自己的位置，丧命于沙场；李煜找错自己的位置，丢了大好江山。

倘若赵括找准自己的位置，那么他就会是一个优秀的理论家、纵横家；倘若李煜找准自己的位置，那么他就会是一个伟大的词人。

有句话说得好：是鱼儿就不要贪恋天空，是鸟儿就不要幻想海洋。

海阔凭鱼跃，天高任鸟飞。

上错跑道的比赛结果会毫无意义。认清自己，在属于自己的天地中寻找那处光亮奋起直追，这条奔跑之路才会被照亮，一路的精彩将是人生中值得铭记的坐标。

做个努力的人，你就是自己的"王"

每个人的一生都不可能是一帆风顺的，遭遇磨难与挫折在所难免。

如果遇到些打击就消沉下去而活在过去的阴影里，那么本可以长出腾飞的翅膀，拥有搏击长空的力量，也将无济于事，只能沦为蝼蚁爬虫，一辈子不能振翅高飞。

人生中充满风云莫测、千变万化，不可能永远是晴空万里，随时有可能会乌云密布、风雨交加，是自甘堕落随风飘摇，还是坚信能走出阴霾？只要心中的那处光亮不灭，它便是指引我们走出困境的明灯。

相信自己是树，你就可以参天；相信自己是鹰，你就能够翱翔蓝天；相信自己心中明灯的指引，你就会到达向往的终点。

每个人都是生活的主角，人生只有靠自己不懈的打磨，才能焕发出夺目光芒。正如郑板桥在他的那首《题竹石》中所描写的："咬定青山不放松，立根原在破岩中；千磨万击还坚劲，任尔东西南北风。"

曾有这样一则报道：北大保安甘相伟，原本只是个小人物，在别人的眼里，也就是一个普通的保安而已。甘相伟也坦称，自己就是芸芸众生中平凡得不能再平凡的"蚁族""草根"。

甘相伟没有显赫的家庭背景，没有多高的学历，只是普通的"北漂一族"。

但是，甘相伟没有屈服于命运的安排，而是准备好了迎接生活中给他的所有困苦和磨难。他相信只要自己选择的路是对的，就不怕路有多么遥远和艰险，只要自己能坚持走下去，终会从苦境里逆生——他要凭借自己的奋斗，以北大保安的身份考上北大中文系，获得与北大学子并肩学习的机会。

保安上北大，在别人看来是件不可能的事情，但甘相伟却完成了这个看似不可能完成的梦想。

翻开甘相伟在北大的奋斗历程，虽然一路艰辛，却充满了催人奋进的精神能量。在三年的时间里，他看了400本书，写了12万字的文稿，他的所感所悟和思想深度，并不比正宗的北大学子差。

甘相伟在北大读书写作的这几年，道出了自己的奋斗传奇和人生经历。从他这位"励志哥"的身上，我们看到了一个小人物也可以通过奋斗改变自己的命运，看到了小人物如何成才的另一种可能模式。

正因为甘相伟的内心有一个明确远大的目标一直支撑、指引着他，使得他丢掉了渺小的自我，也屏蔽了别人的嘲讽与不屑，心中自有光亮，何惧前方无路可走？也正是因为他遵循内心的呼唤，心无旁骛地不停奋力奔跑，才改写了自己的人生，将原本平庸的轨迹延伸到更广阔的方向。

人无法主宰自己的出身，但可以改写自己的命运。人生的起跑线虽然不同，到达终点的路径也不一样，但在人生这条赛道上，比不过别人的爆发力，我们可以拿出自己超常的耐力，最终，到达终点的风景将同样精彩。

拿破仑说过："我们应当努力奋斗，有所作为。这样，我们就可以说，我们没有虚度年华，并有可能在时间的沙滩上留下我们的足迹。"

在我们成为优秀的自己之前，完全没有必要去倾慕别人，更不要轻视自己。也许我们不是最优秀的，但我们可以成为最努力的那个人。

只要做一个努力的人，人生将是另一个世界，最终我们会成为自己世界里的"国王"。

要相信，从来没有太晚的开始

心理学家告诉我们：人的行为是靠激情和斗志驱动的，乐观的心态往往会把人的潜能充分发挥出来，其结果总能得到超常规的收获。

当一个人信心满满时，他就会充满昂扬的斗志！

一个人活在这个世上，首先要学会正确认识自己，因为人与人之间在性格上的差异很大，要了解自己的不足和性格优势，学会扬长避短，这样才有助于形成自己独特的自信心。

人在成长中是不断变化发展的，一个人只有不断更新、不断完善对自己的认识，才能使自己变得更加美好。

有一个关于马化腾成功创业的故事：马化腾，从一位软件工程师，奋斗成为中国即时通信业务的开拓者，他用"企鹅"征服了数以亿计的网民，从而成了互联网精英人物之一。

关于马化腾成功的原因，有的人归结为是他运气好，还有人说是因为他对产品的专注，成就了他今天的辉煌。

腾讯公司成立于 1998 年 10 月，公司最初的业务是开发和销

售"BP 机寻呼系统"，后来发现市场已经趋于饱和，很难再有
突破的空间，于是又转到互联网寻呼系统。

偶然间，有一次马化腾接触了即时聊天工具 ICQ，他敏感地
"嗅"到里面潜藏着巨大的发展前景。于是在股东大会上，他硬
是顶住其他股东的压力，执意开发 QICQ 产品，而且，当时他还
破釜沉舟般地说了一句话："大不了回去做程序员。"

开创这块新业务后，公司的经营也遇到了难题：随着 QICQ
用户不断增加，公司的经费已难以为继。

一年后，公司账上只有一万多元，马化腾想了很多办法，曾
一度求助国外的风投公司进行融资，最终在自己的坚持和努力
下，他拿到了 200 万美金的"救命钱"。

马化腾在融资过程中说过："只要去做，没有什么事情是不
可能的。在创业期间不幸的事情挺多的，就要自己去扛、自己去
想办法。"

马化腾后来曾说自己的成功在于能随时改变想法，跟上时代
的潮流。其实，了解他的人都明白，是改变和务实促使他有了今
日的成就。

斗志和激情是一种积极的心态。人一旦有了斗志，敢于打破
条条框框，突破安逸，脚步自然会变得轻松起来。

人生的关键不在于你所站的位置，而在于你有没有激情和斗
志，只要你不把自己束缚在悲观绝望的牢笼里，那么谁也无法阻
止你迎着光亮，奔向朝气蓬勃的每一天。

如果单凭勤奋与努力就可以随随便便成功的话，那世上就不

会有那么多挣扎在底层的劳苦大众。幸运永远是成功者的谦辞，而他们真正的幸运是无论遭遇什么阻碍，都依然斗志昂扬，激情不减。这也是他们与那些看起来很努力的人最大的区别。

正因为有这样的区别，所以有的人会少年得志，有的人是大器晚成，但无论怎样，人有斗志和决心，何时开始都不晚。

你要配得上更美好的世界

态度决定一切！

这句话是非常有道理的，但许多人只是把它当作一句口号，却不知它蕴含的深意。态度不仅决定了你的人生高度，还能够左右你事业的成功。

马云，这个一手创建"阿里帝国"而改写互联网变革时代的传奇人物，每年都会在全世界著名的大学演讲——他曾与诺基亚总裁在哈佛讲台上唇枪舌剑，最终赢得台下1000多名听众长时间的热烈掌声。

马云是一个非常"疯狂"的人，受到全世界诸多商人的热烈追捧。他领导下的阿里巴巴，两次被哈佛、斯坦福商学院选为MBA经典案例，在全美掀起了一股研究热潮。

阿里巴巴创建的十多年来，世界上有400多家媒体对它争相

报道，并连续五次被《福布斯》评选为全球最佳 B2B 网站，其排名甚至一度领先于全球电子商务巨擘亚马逊。

然后，就在中国互联网大潮风起云涌之际，马云又有了新的想法。他决定改变发展的方向，全力精心打造一个和世界上所有电子商务网站不同的 B2B 网站——他不做那 15% 大企业的生意，只做 85% 中小企业的生意。

在马云看来：如果把企业也分成富人和穷人，那么互联网就是穷人的世界。

大家知道，全力以赴做好一件事一直是马云的人生态度。因为有了这种态度，马云总是在关键时候把"阿里帝国"推向一个新的发展方向。

为了应对微信对市场的抢占，2013 年 9 月，阿里推出社交 APP"来往"。马云已清楚地认识到，没有社交基因的阿里，自己做 IM 出不来，最多是一个移动端的旺旺。

马云信心满满，称要不烧南极决不罢休，而且发誓要打到企鹅家里去。他亲自发起总动员，给员工下了一个硬指标：若能拉来 100 万个外部用户，便奖励大红包。结果，2013 年 10 月份，"来往"用户就增长到 100 多万。

的确，全力以赴去做一件事情，才能把事情做得完美，才能获得成功。而现实中一些创业的年轻人，遇到困难或者人生重要的转折关头，总是马虎应付，做事情往往只停留在事物的表面，无法深入进去，工作也就不可能有什么成效。

可见，一个人的工作态度，可以反映出一个人的视野和境界。如果只把工作看成自己谋生的饭碗，即便你再努力也十分有限；而将工作当自己毕生的事业，你才能做到全身心地投入，忘我地工作。

生活可以将就，也可以讲究；工作可以随便应付，也可以全力以赴——这是对待生活与工作截然不同的两种态度。

抱着前者态度生活与工作的人，永远都只会在原地踏步，一天天重复着，一年年重演着；而抱着后者态度的人，每天都会遇到新的挑战，这些构成了他非比寻常、精彩绝伦的人生。

等到迟暮之年，曾经全心投入过的人会无比欣慰，因为他为这个日益美好的世界做出过自己的贡献。

一个热爱生活的人，永远站在前排

"争第一，不做第二"是一种人生追求，是一种不服输，不放弃，永远要做到极致的精神。

在商界精英中，真正能够做到第一的人却总是不多。想要站到前排，不仅要把"争当第一"当成人生的理想，还要付出具体的行动，更要付出艰辛的努力。

90 后女生立霞上艺术学院的时候，学校每学期都开设舞蹈训练课。

一段时间的训练之后，大家都发现了一个现象：每堂课，舞蹈老师都会让第一排的同学站到前面，给同学们跳舞做示范，顺便对一些错误动作进行纠正。

所以，第一排就成了最"糟糕"的位置。因为大家都不专业，动作经常会做得不规范，会惹来同学们的哄笑，于是，同学们都开始躲开第一排，往后面站。

立霞从小的动作协调能力就比较差，所以，舞蹈也学得非常吃力，如果换成其他同学，肯定会往后缩的，但她恰恰相反：每次舞蹈课，她都是勇敢地站在第一排离老师最近的位置。

果然，舞蹈老师每次都会让立霞到前面跳舞做示范。

为了能够在同学老师面前展示最好的自己，立霞每天对着镜子苦练舞蹈基本功，她还利用周末休息时间去找舞蹈老师辅导。经过一段时间的勤奋训练，她的动作协调能力有了很大的提高。

上舞蹈课的时候，立霞非常用心，认真学习每一个动作，随时纠正每一个不规范的动作。很快，她找到了跳好舞蹈的最佳状态。

其实，很多事只要一入门，并不像想象的那么难。

就这样，因为第一排位置的关系，立霞喜欢上了舞蹈，而且跳得还不错。毕业工作后，她先是在小学任教，因为有舞蹈特长，孩子们都很喜欢她，她的工作也很顺利。

因为工作突出，领导把立霞调到中学工作。当时有几个岗位供她选择，但是，她丝毫没有犹豫，选择了最累最苦的班主任工作。

立霞觉得自己年轻，多做些工作是一种磨砺，也能够让自己迅速成长起来。

和立霞一同调来的几个同事却选择了比较清闲的工作，他们说等熟悉工作环境了再挑重担。

班主任工作压力大，需要高度的责任心。立霞深深知道，在这样一个位置上，容不得半点马虎。她埋下头来，虚心向老教师求教，刻苦钻研教学方法。

领导夸立霞有事业心，学生们也被她的敬业精神感动了。

一个学期以后，立霞因为工作成绩突出，从众多新调来的同事中脱颖而出。而且，这些工作经历带给立霞丰富的经验，让她在以后的工作道路上得心应手。

立霞认为，是自己当初选了一个重要的位置，才给自己的事业奠定了基础。

比尔·盖茨曾经名列《福布斯》榜单之首，这位世界首富，曾经讲过这样一句充满感慨的名言：这个世界并不在乎你的自尊，只在乎你做出来的成绩，然后再去强调你的感受。

一个热爱生活并获得成功的人，是永远站在前排的人。因为永远站在前排，代表着一种积极向上的人生态度，一种一往无前的精神。

其实，真正让人走向衰老、没落的，不是年龄，而是心态。一个人，只要心态老了，那他就真的老了，就会被生活所淘汰。

所以，我们要做的就是要保持一颗富有活力的心，永远站在生活的前排引领生活，即使年龄在不断增长，但只要内心一直很年轻，那么整个人就会依然有活力。

永远站在前排的人，不管年龄与现状如何，他们都积极用心地对待着生活中的每一次现场直播，而不希望自己只是一个参与的群演，甚至是可有可无的龙套——终于有一天在人生的大戏上，他们将成为那个星光熠熠的主角。

虽然，每个人的演出都有落幕的那一刻，但是，有些人的名字会永远被记住，因为他们一直站在前排，令人过目不忘。

你的时间有限，不要为往事而活

任何人的人生之路都不可能一帆风顺，都是充满坎坷的，就像唐僧取经一样，要经历九九八十一难，才能如愿以偿地取得真经。

人的成功，本来就是一个磨难的过程。

不同的人，其成败就在于他对待挫折和失败采用了不同的态度。有的人在失败之后，能够总结出经验和教训，能够从失败中站起来，再接再厉，于是在第二次、第三次失败的时候，就可能拥抱成功了。

而有的人却恰恰相反，遭遇一次失败后，往往就一蹶不振，常常活在失败的阴影里。他们的眼光往往只盯在过去，后悔当初错过了一个机会，后悔当初一个错误的行为，结果总是为过去不开心的事纠结不清。

这个世界是没有后悔药的，因为时间的车轮只会往前走，而不会退回到过去的某个时间点上，让你能有再来一次的机会。

一个人遭遇失败和挫折是在所难免的，人生本来就是一个不断试错的过程——做一件事，如果某个方法错了，就总结下经验，换个方法去尝试；或者走一条道路，发现方向错了，然后再换个方向走。

如此反复试错，你就会找到一个恰当的方法，向着光亮那方前行，终能找到一条适合自己的成功之路。

著名教育机构新东方的创始人俞敏洪，给人们分享了诸多的励志故事，也成了众多创业者的偶像。

俞敏洪，就是一位从失败中走出来的成功者。

农村 18 年艰苦的生活，磨炼了他那种吃苦耐劳的精神；北京大学 11 年学习、教书的历程，是他从极度自卑中寻找自尊的一个过程；创办新东方的 12 年，是他艰苦立业的一个过程。

他说："生命从不依赖人本身之外的东西，名誉、财富和已取得的成功都不是可以依赖的对象，它与你的心态息息相关。"

两次高考失败，第三次，俞敏洪才考进了北京大学；出国三次失败，他却创办了新东方，帮助别人实现了出国的梦想。

他在一场演讲中说："不要惧怕失败，即使被踩到泥土中，我们也不能甘心变成泥土，而要成为破土而出的鲜花。永远不要失望，只要生命还在，在失败的废墟中依然可以长出希望的根芽。"

俞敏洪把生命比作一个广袤的沙漠，如果努力在自己的沙漠中打一眼深井，使水源源不断地流出，你就可以把沙漠变成绿洲。

的确，往事只是一道风景，失败只代表着过去。

我们应该翻过不愉快的一页，调整好心态去面对未来。好多人都是从失败中成功成才的，失败的方式多种多样，失败再失败的原因只有一个：未能认真吸取经验教训。

于是，许多人在自怨自艾的悲观阴影中，错过了一次又一次改变境遇的机会。

无论曾经多么辉煌，或者过去多么潦倒，那一页只停留在过去，未来的篇章取决于现在的你如何书写。

曾看过这样一个案例，让人深有感触：在一次大型演讲中，有一位演说家在演讲过程中插入了一个环节——他拿出一张面值100美元的钞票，大声对听众说："谁要这100美元？"

结果大家都把手举得高高的。演说家接着说了一句："我把它送给你们中的一位之前，要做一件事情。"

正当大家有些好奇时，却见演说家把钞票揉成一团，然后问："谁还要？"结果大家还是热情高涨，高高地举手等待着。

演说家并没有把钱抛下来，而是扔在地上，用脚不断踩它，然后再把钱举起来，问听众："现在，它已经变得又脏又皱了，还有人想要吗？"

结果，还是有不少人喊叫着要。但接下来，演说家又做了一个举动，把钱撕成碎片，往地上一扔，大声对听众说："现在还有人想要吗？"

大家立马鸦雀无声了。

演说家总结了一句："这就对了，之前不管我怎么对待它，你们都想要它，因为它并没有贬值，还是那 100 美元。而现在它被撕成碎片，它就变得一文不值。在人生的道路上，我们或许会经历无数的逆境和挫折，但只要你的内心没有被击垮，你就永远都没有丧失价值。一旦你的自信心被失败击得粉碎，你将变得一文不值！"

演说家话音一落，台下随之响起了热烈的掌声。

的确，不要因为经历一两次的失败，就彻底绝望，放弃了继续抗争的努力。失败只是代表你的过去，并不能决定你的将来。

把不愉快的一页翻过去，送一束鲜花给自己，让自己用充满希冀的心态来展望未来，你就能找回自我，找回奋斗的激情。

时光宝贵，与其纠结未完结部分的遗憾，不如在接下来人生这部厚书的空白页中大书特书，让它大放光彩。

命运永远厚待认真生活的人

生活就像是一面镜子，你对它笑，它也对你笑；你对它哭，它也对你哭。

善待生活的人，就是对镜子笑的人。有人曾经这样说："希望就是生活，生活就是希望。所以，善待生活的人，就是充满希望的人。"

很多时候，我们过于执着于自己想要的而忽略了生活的本质，我们为了明天而活，为了糊口而活，为了攀比而活，劳于奔波，疲于奔命。

当然，对于那些处于人生起点阶段的年轻人来讲，吃苦是应该的。但是生活并不全是一味的吃苦奋斗，并不是由一个个目标组成的，今天过去了就过去了，明天再精彩也换不回今天。

我们习惯于怀念过去，习惯于担心未来，却没有好好珍视今天。学会善待生活，珍惜身边的人，学会感动，感动于生活中的点点滴滴，感动于亲人的举手投足，感动于自然万物的造化天成，如此便能领悟生命的真谛。

古人讲："治大国如烹小鲜。"善待生活，善待他人，善待自己，养成平和的心态，沉淀展翅的力量，尽人事而知天命。

泰戈尔说："路的尽头，不是我朝圣的地方；路的两边，倒有我神庙的殿堂。"生活中乐趣无穷，只待我们去发现。

有一个女孩，从小受她父亲的生活态度影响极深。她儿时到父亲的公司去，看见印有公司名称的纸张，制作得十分精美，一时兴起，就拿来给同学写信。

信写到一半时，她父亲看到了，就叫她将纸放下。女孩一向受父亲疼爱，便撒娇说："那只不过是一张纸而已。"

父亲说："现在只是一张纸而已，以后你养成了习惯，到哪里都无所谓，就变成个人习惯问题了。"从此，这个女孩便有了良好的生活态度。

　　生活中很多事情，虽然事小，却对人生有着很大的影响。它常常能反映你为人处事的态度，如若平时不注意，不认真对待，它就有可能演变成一个不良的习惯，进而影响你的一生。

　　马丁·路德·金说过这样一句话："一个人若以扫街为生，他的态度应如米开朗琪罗绘画、如贝多芬作曲、如莎士比亚写剧本一般严谨，这便是生活态度。"认真对待生活，不仅是一种心态，也是一种做人做事的方式和生活的技巧。

　　看看周围的成功者与失败者，你就会发现，有的人很聪明，却毫无建树；而有的人虽然生性驽钝，却常常有所成就。其中的奥秘就在于：笨人能坚持不懈地做事以弥补自己的缺陷；而聪明的人常自以为是，忽视了持之以恒的重要性。

　　哈佛大学有句校训："你不能选择自然的花香，但可以选择心灵的故乡。"学会去认真生活吧，让你的心灵穿越所有的喧嚣，找到一片属于它栖息的故乡；试着去善待生活吧，相信你会在这浮华的城市中寻找到属于你的"世外桃源"！

　　认真生活的人，命运都不会太差，即使稍有不如意那也是上帝的精心安排。

第二章

在纷杂的世界里，你要用眼光洞见未来

在这个任性的世界里，人类做的许多事情，都堆放在阿基米德杠杆的一头，当支点游离到一恰当位置时，就会撬动地球。

这力量足以让人类美好，也足以让人类灭亡。所以，我们要用精准的角度和眼光洞见未来。

内心浮躁的人，需要停下来思考一下

一方水土养一方人，而人有千百种，形形色色。

正因为万物的多样性，才彰显生活的精彩。每个人都是与众不同的：不同的相貌、不同的性格、不同的经历、不同的背景……

然而，在诸多的不同背后，却也有着同样的东西，诸如每个人都有其耀眼的一面，也有其阴暗的一面。

所以，面对纷纭繁杂的社会，我们在与人相处时，一定要保持一颗平常心，用平常心对待身边任何的人和事。

有些人看别人时，只看到对方成功的一面，而看自己时，却只看到不如意的一面；或者是举着放大镜看自己的错误，却用望远镜看别人的错误。

用这种方式看世界，很容易让自己失去生活的勇气。其实，你不妨停下来，换个角度来看世界，这个世界就会大变样。

对于世界的看法，完全取决于你的心态。同样的一件事情，你若换个角度去观察和思考，就会有不同的收获。

当你用快乐的心情看待这个世界时，你会感到生活充满阳光；当你心情郁闷、沮丧时，你会感到世界阴霾层层，暗无天日。因此，学会换个角度看世界，你就能很容易摆脱目前的窘

迫处境。

前些年网吧的生意格外红火，网吧遍布于大街小巷，许多游戏爱好者和学生都喜欢泡在网吧里。

有一位来自河南的小伙子杜云，大学时代由于沉迷于虚拟世界，沉迷于各类网络游戏，常常逃课泡在网吧里，甚至通宵达旦。他就这样荒废了大学的四年光阴，一事无成。

等大学毕业时，同学们读研的读研、工作的工作，而他因为大学期间挂科20多门，连学位证也拿不到，更不用说哪家单位肯跟他签约了。

大学一毕业就失业，而且一无所有，这让杜云感到很绝望，甚至厌世。杜云深感网吧之害，感觉到网络是一个魔鬼，一想到自己这些年来的荒唐生活，一种悔意油然而生。他暗暗对自己说：不能再这样了，一定要把网"戒"了！

于是，杜云就列出了一个"戒网"计划，他特意在"网瘾"上来的那段时间里安排一些充实而有趣的活动。

不知不觉中，一个月过去了，杜云对上网也不如以前那样依恋了。更重要的是，自从戒网后，他自己都感觉像变了个人似的，天天精神抖擞。

人一旦正常了，就开始想正事了。他想到了社会上有很多戒毒机构，如果网络也是一种毒，我为什么不能开个"戒网培训班"呢？为了唤醒一些沉迷者，他突然想到了一个点子——开家"戒网吧"，反其道而行之。

不久，一家名为"重返正途"的戒网吧开业了。经过一番宣传，共有 21 个家长把孩子送来报名了。一开张就有那么多人报名，杜云惊喜不已，干劲也更足了。

如今，杜云的"重返正途"戒网吧经过三年的摸索经营，已经发展得颇有规模，他现在的月收入已经接近三万元了。

当你感到希望破灭失去生活的勇气时，你应该静下心来，重新审视自己。在找到自身失误的同时，也要找到自己的优势所在，或者找到人生的一个新的突破口。

当一个人感到失意、甚至绝望时，往往正是人生转型的大好时机。

曾看过关于李阳的这样一个故事："疯狂英语"品牌创始人李阳，其实以前英语水平并不理想。在中学时代，李阳的学习状况比较糟糕，高三期间，因对学习失去兴趣，他曾退学。

后来在家人的坚持下，李阳不得不咬牙努力，最终还算运气不错，勉强考入了兰州大学工程力学系。

上了大学后，李阳的英语还是那么糟糕。大学一、二年级，他多次补考英语，也成了同学们嘲弄的对象，这让李阳苦闷不已。

他时常不解地自问：平时口才并不比别人差，为什么英语就是讲不好呢？

于是，李阳开始拼搏起来。他毅然摒弃了偏重阅读理解和语法训练的习惯，开始换个模式，从口语突破，并独创性地将考试题变成了朗朗上口的句子，然后脱口而出。

经过一个学期的努力，结果李阳在大学英语四级考试中一鸣惊人，取得了全校第二名的优异成绩。

　　此后，李阳又开始与同学合作，用自己创造的这一套方法，进行同声翻译训练，后来竟然差不多达到了同声翻译的程度。

　　于是，从大四开始，李阳便参与到国内外各种场合的英语口译活动中。在此基础上，他又探索出一套独特的英语学习方法，集"听说读写译"于一体，人称"疯狂英语"，在发音、口语、听力和口译上卓有成效。

　　大学毕业后，李阳开始公开发表演讲，详细介绍这套"疯狂英语"的学习方法，并开始受到各大、中学以及企业的热情邀请，由此一路红遍全国。

　　我们所有的苦难与烦恼，在很多时候，都是自己依据过去从生活中所得的"经验"做出的错误判断，结果在接下来的征途中，自己就变得故步自封、畏首畏尾。

　　如果我们能停下来思考一下，换个角度看问题，曾经的错误与不足不仅不会阻碍我们阔步前行，还会及时扬长避短、分析总结，甚至还是我们迈向成功的敲门砖。

　　其实，每个人在风光的外表背后，都有不如意的一面，遇到挫折的时候，我们不要一味地陷在纠结和痛苦中，不妨先停下脚步做番思考。

　　只要能在内心浮躁时停下来思考一下，看清自己的优势与不足，才有可能破茧成蝶，突破心中的束缚、解脱思维的桎梏，从而跳出眼前的局限，去实现更高境界的超越。

　　让自己沉下来，静下来，拂去表面的那层灰、那份躁，你会走得更稳、更长远。

你可以拥有自己想要的生活

咸有咸的味，淡有淡的味，这是一种悠然的生活方式。

不同的人，处于不同的环境，就会有不同的生活方式；同一个人，在不同的阶段，也有不同的生活境遇。但不管处在哪种境遇之下，生活都有其独特的味道，只要用心去品尝，就能体验到生活的乐趣。

"咸有咸的味，淡有淡的味"出自弘一法师的亲身感悟。

佛学泰斗弘一法师，原名李叔同，多才多艺，一生颇有建树，在文化界享有崇高的地位。谁知他在功成名就时，却悄然遁入空门，在杭州虎跑寺出家为僧，法号弘一。

有一天，弘一法师在寺内清修，他的一位名叫夏丏尊的老友突然造访。

当时正值正午时分，弘一法师准备吃午饭，于是问老朋友要不要一起吃。对方笑着说："我不饿，看着你吃就行！"

弘一法师也不深劝，继续悠然自得地享受那份简单得不能再简单的午餐：一碗白米饭，外加一小碟咸萝卜干。

看着这一幕，夏丏尊想起法师出家前的那种锦衣玉食的生活，顿时心酸不已，于是关切地问了一句："法师，萝卜干这么咸，

怎么能下咽呢？"

　　弘一法师听了，淡然地说了一句："咸有咸的味道。"

　　午饭结束后，弘一法师倒了一杯白开水慢悠悠地喝着。

　　夏丏尊看到这一场景，又回想起法师出家前，饭后定喝香茶一杯，再对比现在，不禁心中又生出一些酸楚，于是又关切地问："这么淡的水，您能喝下去吗？"

　　弘一法师笑了笑说："白开水虽淡，却淡有淡的味。"

　　弘一法师接着说了番富有哲理的话："不明生活有几态，不知世间有几味，或咸咸淡淡，或酸甜苦辣，凡此种种，经历过，品尝过，你总会赋予它不同的滋味。"

　　这话说得很妙，值得每个人去品味。

　　世间事物都不会一帆风顺，而是波浪式向前发展的。所以，每个人的一生，都有快意顺境的时候，也肯定有受挫低谷的时候。相比之下，一个人经历逆境的时间相对会更长一些。

　　每个人只要细心回想一下，就会发现，自己一生的重大成就往往都是在逆境或者困苦环境中创造出来的。逆境能磨砺一个人的意志，催人奋起。所以，当年的困苦环境，往往又会成为以后的追忆，成为最有价值的一段时光。

　　不要过于贪恋顺境，如果我们去反思一下，会发现那些在顺境中的安逸生活，反而成了自己不思进取、虚度年华的一段不堪回首的经历。

　　一位美国导演拍片屡屡失败，电影协会和影评家们批评他沉迷于幻想，严重脱离生活。

这位导演受到了刺激，他决定放下导演的事业，去录影带租售商店工作。几年下来，他不仅观看了大批的录像带，而且从那些畅销的录像带中，找到了什么才是真正的生活，发现了什么才是观众喜闻乐见的素材。

他最终确定了自己的导演风格，便前往好莱坞发展。果然，他导演的电影一炮而红，他也成了人们寻求励志的新对象。

顺境和逆境是书写人生的正反面，而人生就是一部充满着起承转合的剧本。顺境和逆境相互转换，才构成了人生波澜起伏的剧情，才让人生有滋有味，而不至于平淡不惊。

一个人在顺境时，生活当然是非常惬意的，犹如"春风得意马蹄疾，一日看尽长安花"。但当处于逆境时，是否一定就非常痛苦呢？其实，顺境有顺境的快乐，逆境也有逆境的价值。

正所谓：咸有咸的味，淡有淡的味。

在不同的境遇中，我们都要有敏锐的心，去细细品味顺境中的喜悦和逆境中的别样滋味，并在这份品味中教会自己：顺境时不狂妄自满，逆境时不消极妥协。

倘若学会了这两点，也便知道了自己想要什么样的生活。不属于自己的不会强求，是自己的会不求而得，这才是你真正想要的生活。

不要让所谓的稳定害了自己

1825 年，当时俄国的革命正进行得如火如荼，诗人普希金却被沙皇流放。

可是不管处境多么恶劣，普希金都没有丧失希望与斗志。他热爱生活，执着地追求理想，相信光明一定还会重现。

普希金提起笔来，写下了这样的瑰丽诗篇——

假如生活欺骗了你，

不要悲伤，不要心急；

忧郁的日子里需要镇静，

相信吧，快乐的日子将会来临。

心儿永远向往着未来，

现在却常是忧郁；

一切都是瞬息，一切都将会过去，

而那过去了的，就会成为亲切的怀恋。

不管我们遇到了什么困难，只要读到这抑扬顿挫的音节，充满哲理的诗句，都会为普希金坚强乐观的精神而感动不已。

不同的人，观念不同、能力不同、爱好不同、追求不同，自然人生的轨迹也不同，但是只要自己走的路是适合自己的，是自己喜欢的，这样的人生就是完美的。

一个人最大的痛苦，往往就是因为在走着一条不适合自己的路。但并不是每个人都能一开始就找到一条适合自己的路，从而驶入人生的快车道。

其实，如果翻开成功人士的奋斗历程，我们会发现：许多成功人士，他们的人生轨道往往都是通过一步步变轨来实现的——一层层地往上攀爬，又适时地调整自己的轨迹，从而一步步地走向成功。

2007年10月，"嫦娥一号"在全世界的关注中成功发射，最后顺利脱离地球，开始绕月飞行。

很多人会觉得奇怪：我国发射"嫦娥一号"探月卫星怎么能奔向月球呢？我国有射程高达38万公里的火箭吗？

但关注"嫦娥一号"发射的人就会知道，火箭只是将探月卫星送入太空中一个非常低的轨道，它开始只是在这个轨道上运行。那它又如何脱离地球轨道奔向月球呢？奥秘就在于变轨。

"嫦娥一号"靠慢慢地改变自己的轨道，一步步向远轨道运行，最终突破地球的束缚，奔向了月球。

其实人生也是一样：步入社会之初，大家都在一个比较低的轨道上运行，过着工薪阶层的生活，起点差不多。但几年过后，人的境遇就发生了巨大的变化，有的人依然还在底层忙碌，追求着所谓的稳定，有的人却已经成功地步入了上层社会。

并非上帝青睐于这些人，而是他们在过去的几年里成功地改变了自己的轨道。其实，成功的奥秘就在于此：适当的时候改变

自己的运行轨道，不要让所谓的稳定困住。

中山市一个普通农民家庭出身的冯健雄，1980年大学毕业后，他在广州一家大型企业担任技术开发人员。对于一个农村子弟来说，能从农村跳到大城市一家大企业里工作，是一件颇值得骄傲的事。

冯健雄也是一个不断追求上进的人，由于扎实的基础知识和顽强的钻研精神，他很快就成了企业的技术骨干，也颇受老总的看重，不久被提拔为技术部负责人。

面对这样的待遇，多数人会选择留下来。

但在1991年，冯健雄却做了一个令常人不解的决定：他毅然放弃了那个令人羡慕的职位，回到自己的老家，和几个志同道合的朋友创办了阜城电子厂，开始下海经商。

借助在企业中学到的技术，他开发出了自己的产品，投放市场后，颇受客户的欢迎。

1992年8月，这家已初具规模的电子厂，又与镇工业总公司合作，合资创建了川婷电器制造有限公司。在众望所归之下，冯健雄当上了川婷公司的总经理。

1993年6月，冯健雄亲自带队，与公司科技人员共同研制出国内第一个电子泵开水瓶。为此，他荣获了国内贸易部授予的"发展中国家电器事业功臣奖"，并在市场上声名鹊起。

公司在他的带领下，不到两年的时间里，便先后开发生产了全自动电子泵开水瓶、抽油烟机、微电脑电饭煲、燃气炉、消毒碗柜、豪华型电子光管支架等一系列产品，可谓发展迅速。

目前该公司已在全国几十个省市，开辟了上千个销售网点，"川婷"电器成为了市场上的一大品牌。

该企业生产的微电脑饭煲、抽油烟机、燃气具还分别获得了全国首届科技"金窗奖"，并被国家消费者委员会评为"信得过产品"，被中国沿海开放城市商品博览会评为金奖。公司也已发展成为年产值数亿元的大型企业集团。

试想一下，如果冯健雄当年选择留在广州，那他现在可能还是那家企业里的一名工作人员，但他毅然改变了自己的轨迹，选择了一条创业之路，于是创造了今天的辉煌事业。

成功，就是要找到适合自己的路，因为世间没有一条天生的路在那里等着你。

其实，每个人的成功都是不断变轨的过程，如果没有变轨，现在看似的稳定，其实只是在原有轨道上做重复的圆周运动而已。而如果改变自己的轨道，每一次都往一个更高的轨道上运行，这样就会自然而然地步入更加精彩的人生轨道。

愿所有的遗憾都是一种成全

虚名是别人加给自己的一种名誉，往往能让人心生飘飘然之感，但它仅仅是一种虚幻的感觉，并不能给人带来实际的利益。

一般来说，名与实应该是相符的，即一个人的名声与他所做的实际贡献应该是相等的。

但是有的人获得名誉后，往往会被这一虚名所束缚，会做出错误的行为：沉醉于虚名之中，认为自己真的了不起，高人一等，飘飘然而丧失了进取心，从而很难再发挥自己的才能。

这种名誉和实际渐渐不相符，也就成了虚名。

美国著名的小说家杰克·伦敦，在其著作《马丁·伊登》出版后，他声名鹊起，获得了巨大的财源。于是他便在加利福尼亚州建起了别墅，后来又在大西洋海滨购置了一艘豪华游艇，过上了天堂般的生活。

然而，当他拥有这一切之后，便再也没有像以前那样潜心于创作了，也就没有像样的作品问世，于是杰克·伦敦开始感到空虚、无聊，厌倦生活。

最后，被这一切逼疯了的杰克采用极端的方式，在别墅里开枪结束了自己的生命。

法捷耶夫是苏联一位才气逼人的新生代作家，29岁时便以《青年近卫军》一书步入文坛。

自此以后，他开始忙着出访、作报告，从此再也没有发奋写作，也没有后续的小说出版，逐渐他就被人们遗忘了。

这样的人稍有点成就之后，往往就被随之而来的虚名所俘虏，整天沉迷于各种社交和应酬，而没有进一步的努力，也没有新的成就，于是很容易被其他人超越，逐渐被人们冷落、遗忘。

正如陈国后主陈叔宝写的诗一样：花开花落不长久，落红满地归寂中。

的确，虚名就像鲜花一样，固然容易让人陶醉，但它不能长久，一旦花瓣落满地，鲜花凋落，就不会有人再欣赏它了，于是一切又回归于寂静之中。这不能不说是一种遗憾。

但也有一些人，在获得名誉之后，往往因为过于在意，为了维持这种名誉，结果早早就被名誉所累。这个实际上也是得不偿失的。

作家路遥20世纪80年代写完《人生》这部经典小说后，一炮打响，一时间成了家喻户晓的人物。他一鼓作气，开始拼命写下一部经典作品《平凡的世界》。

在短短的三年时间里，路遥就写完了《平凡的世界》第一部到第三部。他每天写作十多个小时直到深夜，甚至灵感来时，便会通宵达旦。为此，他的眼睛都流了血。

《平凡的世界》这部经典小说超越了前部，面世后成为人们尤其是青少年非常喜爱的读物，由此路遥先生荣获了茅盾文学奖，但他也为此付出了生命的代价——该书出版后短短两年时间里，他便被病魔夺去了生命，英年早逝。

人是很容易被名誉拖累的，尤其在成名之后，在鲜花的拥簇下，在光环的映照下，在人们的赞誉声中，人往往很容易被贴上名利的标签。

为了维护自己的名誉，而不得不付出大量精力，这样的代价是很大的：有的人为此牺牲了自己的生活，有的甚至牺牲了生命。

其实这是不值得的。

有人说，放下痛苦是一种勇气。殊不知，放下虚名更是一种勇气。

凡事求得坦然无愧就好，如果觉得痛苦，那是因为你还处在"虚名"的负累下，所以才会沮丧，才会得失与计较。

人经常会怕自己错过而心生遗憾，所以才会拼命追逐，才会沽名钓誉，才会永不满足。其实人生原本就是不完美的，拼尽一生也无法十全十美。我们可以将遗憾转化为自己人生奋斗的动力，为了弥补和避免遗憾，尽量去修正自己、完善自己。

然而，金无足赤，人无完人。人生在世，处处小心都难免引人非议，事必躬亲，也未见得做事周全。所以在全力以赴过后，要允许自己的生活中有一些遗憾做留白。

在人生的整幅画卷中，恰恰因有这样的留白作反衬，才会显得人生不满溢、不繁杂、不荼蘼，这也许是凌乱的一生最值得回忆的部分，未尝不是一种对自己的成全。

在纷杂的世界里，你要有眼力洞见未来

人的一生，说长不长，说短也不短，要经历很多事情才能走到生命的尽头，而经历什么事情又在于最初所做的选择。

如果我们没有洞见未来的能力，那么我们的选择很可能就会

出现错误，最终导致生命承受更多的苦难。

想要让我们的生命少承受一些苦难，多一些幸福和快乐，那么就要培养我们能够洞见未来的能力。

如何培养洞见未来的能力呢？

那就是一定要把眼光放长远一点，只有置身事外，才能看到事物的本身。苏东坡说："不识庐山真面目，只缘身在此山中。"所以，只有走出庐山，你才能看到庐山的真面目。

人生一定要结合未来的方向做出重大选择，而不能只看到眼前的一点表面现象就匆匆下结论。

李安，出生于台湾屏东县潮州镇的一个知识分子家庭。少年时期，对于读书，李安一点兴趣都没有，因为他心里只想着当导演。

少年李安的电影梦，缘起于台南市全美戏院。李安后来回忆说：读高中时，他最喜欢到专播二轮片的全美戏院看电影，尤其喜欢看美国八大电影公司拍摄的电影。由此，全美戏院也就成了他学生时代最常去的地方。

李安考大学曾落榜两次，19 岁考入台湾国立艺专影剧科，24 岁赴美国留学，进入伊利诺大学学习戏剧导演，后来进入纽约大学电影制作研究所，取得硕士学位。

之后因未得到拍片机会，他在家当了六年的"家庭主夫"，全职在家里负责带小孩、做饭，家庭开支主要由妻子工作来支撑。

直到 1991 年，李安终于迎来了一次机遇：电影公司找他合作，邀请他拍摄《推手》一片，他由此而成名。

李安以独特的手法主导的影片《推手》，荣获了金马奖最佳导演等八个奖项的提名，并获得最佳男主角、最佳女主角及最佳导演评审团特别奖，还获得亚太影展最佳影片奖。

一炮走红之下，李安又陆续导演了与《推手》并称"父亲三部曲"的《喜宴》《饮食男女》，并且分别获得多个奖项。

1995 年，李安执导了第一部英语片《理智与情感》。该片获得了奥斯卡最佳影片提名、柏林电影节金熊奖等奖项。

后来，他又陆续拍摄了《冰风暴》《与魔鬼共骑》两部英语片，获得了诸多奖项，最终让他跻身于好莱坞 A 级导演的行列。

经过两年的等待、筹备，李安又用独特的视角推出了《断背山》。这部影片倾注了李安全部的心血，当然也给他带来了莫大的回报。

2005 年 9 月，《断背山》获得了第 63 届威尼斯电影节金狮奖，紧接着又获得了第 63 届金球奖最佳影片和最佳导演奖。

2006 年 3 月，《断背山》获得了第 78 届奥斯卡金像奖最佳导演、最佳配乐、最佳改编剧本三项大奖。

2007 年 4 月，李安当选为美国《时代》杂志"2006 年的风云人物"，位居娱乐界之巅。

2007 年 9 月初，李安导演的《色·戒》又获得了威尼斯电影节金狮奖。

心有多大，舞台就有多大。

可心的大小又是由什么决定的呢？无疑是由眼光决定的。

王国维在《人间词话》中说：

"古今之成大事业、大学问者，必经过三种之境界：'昨夜西风凋碧树，独上高楼，望尽天涯路'，此第一境也；'衣带渐宽终不悔，为伊消得人憔悴'，此第二境也；'众里寻他千百度，蓦然回首，那人却在，灯火阑珊处'，此第三境也。"

李安经过辛苦的努力，终于锻炼出了自己超尘绝俗的导演能力。王国维说的第三种境界，李安终于找到了。

顺境历练不出人，只有逆境才能甄别出平庸之辈与非凡之人。有不如意之时，不要畏惧，不要焦急，这正是练就你的眼力、使你将来出彩的好机会！

不要让一成不变的生活套牢你

积极的态度和行动，是对抗外界环境的法宝。

在动物世界里，有一种动物名叫帝王蛾。它能获得这样的美名，绝不是仅仅因为那几十厘米长的翅膀，而是在于它破茧而出的强大生命力。

要知道，对于一个体形庞大的帝王蛾来说，要从那一个洞口极其狭小的茧中钻出，这比其他飞蛾都要困难。但只有破茧而出才能获得新的生命，否则人为地将洞口拉大，只会让它们成为生命的牺牲品。

面对"鬼门关"一样的茧，帝王蛾突破了，它们获得了飞翔的翅膀，受到了生命的洗礼。

在如今的社会中，依然有很大一部分人群依靠父母苟且地活在世上。他们衣食无忧，享受世间极乐，却只是温室里的花朵，碌碌无为，让美好的年华悄悄地流逝。

勇于接受生活里的每一次挑战，让自己拥有一颗坚强勇敢的心；勇于接受生活里的每一次挑战，让自己获得坚毅不屈的意志；勇于接受生活里的每一次挑战，让自己无愧于心，获得成功带来的喜悦。

既然逆境和苦难是无法避免的事实，无论我们喜不喜欢，它都会降临在我们身上，所以不安、愤怒甚至抗拒的心态，都只会成为阻挡我们前进的障碍。

因此，当挑战来临时，我们应该转变自己的心态，以积极乐观的姿态去面对，并主动采取新的措施去顺应变化后的世界。

当我们"放下自我"，勇敢地迈向对自己来说不安全的未知领域，才能有机会开拓出一片崭新的天地！

面对挑战，自信的人选择接受，而自卑的人则选择逃避。自信的人才能够充分地发挥自己的潜能，自卑的人却只能在自我怀疑中浪费时间，消耗生命。

杰米是一家餐饮店的经理，他的口头禅是："我快乐无比！"他热情洋溢的个性，对员工有着非同一般的凝聚力和感召力。

有人问杰米为什么如此乐观，他说："每天早上醒来我就对自己说：杰米，你今天有两种选择，你可以选择心情愉快，也可以选择心情糟糕。我选择前者。每次有坏事发生时，我可以选择成为一个受害者，也可以选择从中学有益的东西，我选择后者。"

终于有一天，坏事发生了。杰米被三个持枪的强盗拦住了。

强盗因为紧张，对杰米开了枪。幸运的是，杰米及时被路人送进了急诊室。

医护人员看着奄奄一息的杰米，谁都没信心将他救活。他们只好不停地安慰着他："不用担心，你会好的，我们有办法，你一定会好的。"而事实上，谁都感到无能为力，束手无策。

一个护士为检验杰米是否还有知觉，大声问他对什么东西过敏。杰米艰难地吐出两个字："有的。"

这时，所有的医生、护士都眼睛一亮。他们知道，救活一个有知觉的人要容易得多。于是，那个护士又问他："你对什么过敏？"

杰米深深地吸了一口气，大声吼道："子弹！"

在一片大笑声中，杰米又说："我选择活下去，请把我当活人来医，而不是死人。"

经过 18 个小时的紧急抢救，杰米活了下来。尽管他身上还残留着弹片，但他仍然和以前一样乐观。

一位朋友来探视他，问他近况如何。杰米说："我快乐无比，你想不想看看我的伤疤？"

攀登人生这座山峰，沿途会有赏心悦目的景色，但也时常会有断崖、沟壑。

面对行进时的一道道沟坎，有人选择退缩，有人另辟捷径，

但总有一些灵魂深处固守信念、积极乐观的勇者，他们一路昂首阔步、高歌猛进，最终登上了属于他们自己的顶峰。

如果说艰难险阻还会激发人不断挑战，那一成不变更加可怕，多少人在登顶前止步，不仅仅是因为害怕高山险峻，还会因为沉溺于眼前的风景止步不前。

勿忘初心，勿作停留，不要让一成不变的生活套牢你！

幸福的模样，就是你拥有的样子

清人李渔有句话说得非常精彩："乐不在外而在心。心以为乐，则是境皆乐；心以为苦，则无境不苦。"

的确，只要你有一个好心态，即使是日常小事，你也会从中获得莫大的幸福。幸福是每个人自身的一种感受，它就藏在自己的内心之中。

每个人都希望拥有一个幸福的人生，但不同的人，由于条件、阅历、兴趣和追求的不同，对幸福的判断标准也是各不一样的。

有些人的幸福，就是想拥有一套自己的房子，能有一个属于自己的空间；有些人的幸福，就是想拥有一份如意的工作，能发挥出自己的价值，把对事业的追求作为人生幸福的真谛，把自己所有的精力，都忘我地投入到自己喜欢的事业中去；有些人的幸福，就是想和自己心爱的人在一起，哪怕再怎么艰辛，他的内心都觉得拥有了整个世界。

世间没有统一的幸福标准，不同的人对幸福有不同的理解，比如：

对于创业的老板来说，幸福就是公司能够越做越大。

对于刚走上社会的年轻人来说，幸福就是能找到一份好工作。

对于热恋中的青年来说，幸福就是能跟心爱的人永久厮守在一起。

对于刚成家的人来说，幸福就是打造一个温馨的家。

对于玩耍的孩子来说，幸福就是每天都玩得很快乐。

对于乞丐来说，幸福就是每天能吃饱穿暖。

……

每个人都有自己的一个梦想，都有自己的幸福标准，每天也在为了这些追求而奔波着，并且乐此不疲。追求梦想的过程是快乐的，一旦实现之后，就会感到幸福。

从前，在一个部落的草原上，一位商人路过，看到一群羊，羊群中有一位天真无邪的娃娃。商人走近问："娃娃，你在干吗呢？"

"我在放羊。"娃娃头也不抬地答道。

商人继续问："放羊干吗？"

"赚钱。"娃娃答道。

"赚钱干吗？"

"娶媳妇。"

　　"娶媳妇干吗？"

　　"生娃娃。"

　　"生娃又干吗呢？"

　　"放羊。"

　　这有趣的对话体现出的也是放羊娃的生活轨迹，正是这种简单的生活轨迹造就了他的幸福。

　　而这时的商人内心酸楚，百感交集。自己永远都在探索、追逐，却忘记了幸福的本质，永远地活在追求幸福的路途中，而留给自己的仅仅是辛劳和苦楚。

　　幸福只是一种感觉，它就围绕在我们的生活之中，潜藏在我们遇到的点滴事物之中，只要你带着一种愉悦、乐观的心态，去看待身边的一切，去珍惜已经得到的东西，你就能找到幸福的所在。

　　有一位年轻才子，长得英俊潇洒，家庭也相当富裕，妻子温柔美丽。但是，久而久之，他却觉得一切平平淡淡，没什么能震撼自己的心灵，渐渐认为生活很无趣，感觉自己过得不快乐。

　　有一次，他到庙里求佛，佛问："你有什么不顺心的事？我看看能不能帮你。"

　　才子说："我什么都有，只欠一样东西，你能够给我吗？"

　　佛回答说："可以，我尽量满足你。"

　　才子这时向佛祈求了一件事："我要的是幸福。"

　　佛听后先愣了一下，随即领悟过来，对才子说："我明白了。"然后把才子所拥有的全部拿走了。

接下来，才子丧失了才华，毁去了容貌，失去了全部财产以及他那位美貌的妻子。

一年后，佛再来看才子，结果看到他衣衫褴褛，饥寒交迫，蜷缩在地上，说不出的凄惨。

佛这时再问才子："你现在体会到什么是幸福了吗？"才子回想以前的生活，是那么的惬意，等失去了才深深体会到生活的幸福所在，顿时懊悔不已。

于是，佛又把他的一切还给了他。重新回到以前的生活，才子惊喜不已，他搂着妻子，不住地向佛道谢，因为他终于明白了什么是幸福。

是的，那位才子在失而复得后才知道：已经拥有的便是幸福。

在生活中，许多东西都是唯一的，当这些东西在手中的时候，你也许感觉不出它有多么美好，因此不懂得好好珍惜。等到失去的时候才感到它的珍贵，那时你一定会后悔莫及。

生了病才知道拥有健康是多么幸福的事情；父母去世后才知道拥有父爱和母爱是多么幸福的事情；发生事故后才知道拥有平安是多么幸福的事情；生命弥留之际才知道拥有时间是多么幸福的事情……凡此种种，都在告诉我们，在生命中所拥有的一切，就是最幸福的。

想要幸福，就要学会珍惜。假如将你现在已经拥有的做一个交换，那你会不会换？不要在失去的时候才懂得珍惜。

第三章

向命运宣战，让未来现在到来

有的人常常沉迷于过去，对过去的一些错误、遗憾耿耿于怀，仿佛在自己的内心刻上了一个深深的烙印，挥之不去。

其实，过去的事，已经随过去的时间永远地成为过去。世上没有过不去的事，只有过不去的心。

我们要做的，就是把过去的残渣从我们内心中清扫出去，向命运宣战，让未来快点到来。

每一次努力的背后，必有加倍的赏赐

一个人取得好成绩固然可喜可贺，但如果因此骄傲起来，沉浸在满足的世界里，把自己看得高高在上，不可一世，就是夜郎自大。

同样，一个人遭受了挫折，也没有必要垂头丧气，一蹶不振，只要你能够加倍努力，你就能走出阴影，走向成功。

我国著名的生物学家童第周，上中学时曾有多科考试成绩不及格，是同学们嘲笑的对象，老师也愤怒地要他留级。

但他没有气馁，而是继续发奋读书，最终成了品学兼优的尖子生，并获得了出国留学的机会，从此让大家刮目相看。

出国留学期间，童第周依然刻苦钻研，成了世界闻名的生物学家。

胜不骄败不馁，这是为人处事的制胜之道。

如果胜利了就得意忘形，那么失败也就会紧紧跟随而来。同样，失败了只要不放弃心中的信念，不丧失自己的信心，那你就完全可以从头再来，东山再起，使自己成为笑到最后的那个人。

其实，胜败本是寻常事，胜败就在方寸间。

如果站在胜利的山顶，引吭高歌，把酒尽欢，不思进取，不去创造新的辉煌，那么祥云将从此止步，阴霾也会找上门来。

而如果你遭受了失败，哪怕你输得一败涂地，只要心不输气犹在，就有翻盘的机会，就能够走出困境，赢得那份本属于你的光彩。

暂时的困难和失败，只是头顶的云，它终会淡淡飘走；那些失意困顿，也会像耳边的风轻轻吹过，眼前的雾悄悄散去……

曾看过齐秦的这样一个故事：

1960年，齐秦出生于台中市，父亲是一名公务员，而且还经营了一家舶来品店，因此家境相当殷实。

齐秦从小就喜欢唱歌，梦想着等自己长大了，能成为一名歌手。然而，观念传统的父亲却极力反对，因为他认为当歌手是一种不学无术的表现，所以，他严禁齐秦接近与音乐相关的所有东西。

由于父亲工作十分忙碌，母亲也沉溺于麻将之中。趁这空隙，齐秦便偷偷地去碰触音乐。

那个时候，齐秦最大的兴趣，就是往同学家里跑，在那里听收音机播放的流行音乐。每当听到好的旋律后，他便尝试自己作词，并用这一旋律把它改唱出来。

然而，好景不长，没多久后，父母婚姻破裂。父亲因受刺激后性情变得越来越暴躁，于是，齐秦便常常成了父亲的出气筒，被打被骂成了家常便饭的事。

无奈之下，他只好经常离家，逃到同学、朋友家去住。之后住不了了，他又跑到公园、车站等地方露宿。渐渐地，他认识了很多街头混混，就这样跟他们混在了一起。父亲也开始对他由失望变成了绝望，听之任之了。

有一次，齐秦喝醉了酒，他为了所谓的哥们义气帮别人追债，深更半夜跑去别人家里踢门，被闻讯而来的警察逮个正着。这次很不幸，他被判了三年有期徒刑，进了感化院。

父亲得知后，气得半死，并宣布与他断绝父子关系。这时候的齐秦也深感绝望，甚至想到了轻生，但他忍住了，因为觉得这样会对不起一直关爱着他的姐姐。

自从齐秦进了感化院后，姐姐每个周末都会风雨无阻地来看他。也正是在姐姐的关怀下，齐秦才慢慢燃起了斗志。

有一次在齐秦劳动的地方，姐姐指着一株鲜花对他说："你还记得小时候的梦想吗？其实，梦想就好比是栽花，从播种，到发芽，再到开花，是需要一个过程的，需要时间去等待。现在的你，就像一粒种子，虽然很有潜力，但如果你想成功，你还得播种、浇水，而且还要一路坚持。"

还有一次，为了激励齐秦，姐姐还把当时颇有名气的李泰祥先生请到了感化院。在李泰祥的鼓励下，齐秦终于找回了生活的信心，并对未来充满期望。

重获自由后，为了生活，齐秦找了一份简单的工作，在一家公司里做打字员。为了继续追梦，他白天上班，晚上就去餐厅"敲门"，给顾客献唱，就这样像流浪歌手一样四处唱着。

有一天，他在一家餐厅里唱了一首《你说过》。唱完后，有个人走来跟他说："你有没有兴趣出唱片？"当时，他直接愣住了，直到对方掏出名片给他，他才缓过神来，高兴地答应了。

第二天一大早，齐秦便跑到对方的公司签约。就这样，他成为了一名真正的歌手，随后的一首电影主题歌《就是溜溜的她》，让他一炮而红。

此后，随着一首首经典歌曲的推出，像《大约在冬季》《无情的雨，无情的你》《不让我的眼泪陪我过夜》，等等，让齐秦成了风靡一时的歌坛人物。

在回忆过去时，齐秦常常带着感激地说："就在我快放弃人生理想的时候，是姐姐拯救了我，她让我明白了坚持的道理。这个世界上，每个人都会有自己的理想，所不同的是，有的人因为各种挫折。没有去播种，所以结果只是沦为空想。有的人一直在坚持，所以才把自己开成了一朵最美的花。"

对于意志不坚定的人来说，困难是绊马索，是绊脚石。可是意志坚定的探索者，他们却有办法将绊马索变成通天绳，将绊脚石变成迈向胜利的台阶。

青春韶华的年纪，正是精力与学习力最强的时候，也往往在这时候老天会给年轻人安排很多需要挑战与学习的功课，突破了跨越了，也就意味着成长与成熟。所以，青春是用来吃苦的，是用来奋斗的。

没有吃过苦、奋斗过的青春，相当于缺失了人生中重要的功课，也意味着"迈向成熟"这阶段的课程没有毕业，那还谈何下一阶段的"走向成功"呢？所以，在该奋斗的年纪不要轻言放弃，更不要选择安逸，因为那样的话，你将错失人生重要的答卷。

而在该努力的时候加倍去奋斗，时间作证，你一定会感谢曾经拼搏过的自己，因为那时候你自己赢得的命运会为你带来加倍的赏赐。

永远相信美好的事情即将发生

每一个人都希望自己能站在人生的巅峰上，静听热烈的掌声，笑看盛开的鲜花，享受人们的赞美和崇拜。

只不过梦想虽然美丽，现实却十分残酷——当你一心想登上高峰，有可能却跌落在低谷。

遭遇了事与愿违的撞击，心中的希望又在现实的碰撞中崩溃碎裂。于是你面临着一种生死攸关的选择，走过了依然是海阔天空，走不过则是山穷水尽。

生死两重天，就在一念间，关键看你如何选择。

有一个年轻人，自以为学有所成，想到社会上一展拳脚。

可事与愿违，毕业后他历尽坎坷，既找不到理想的工作，也无法施展所长，理想与现实的反差如此之大，让他难以接受。

怀揣着对社会的极度失望，他来到大海边，准备一跃而下，让滔天巨浪吞噬自己的生命，以死宣泄老天对自己的不公。

就在他准备投海之时，被一位中年人看见并把他救了下来。

中年人质问他："为什么年纪轻轻就要走绝路？"

年轻人于是就把自己怀才不遇的过程，一股脑儿地发泄了出来。

中年人听了后，也不安慰，而是从沙滩上捡起一粒沙子让年轻人看了看，然后又把它扔回在沙滩上，对年轻人说："你不是自认为很有才能吗，那请你把刚才那粒沙子捡起来。"

"这怎么可能？沙子那么多，我怎么知道是哪一粒！"年轻人不满地回答说。

中年人没有说话，掏出来一颗闪闪发亮的珍珠，把它随便往沙滩上一丢，对年轻人说："那你能不能把那颗珍珠捡起来？"

"这个可以！"年轻人弯弯腰，轻松地把它捡了起来。

中年人这时才开导他说："那你现在应该明白了吧？在你没有成功，没有获得别人认可之前，你也不过是一粒普通的沙子。如果要别人承认，那你就得让自己成为一颗珍珠。"

中年人的话对我们颇有启迪：当一个人还在打拼的过程中，你就是一粒普普通通的沙子，和周围的人没有任何区别，这个时期正是人生的低谷期。

面对人生的低谷，你将如何去应对？

如果你甘于落后，不能奋起直追，你就只能在低谷里游荡，最后在低谷中沉沦。而你如果能够直面低谷，找出自己的不足，努力提升自己的能力，多做出一些业绩，让自己逐步具备胜任某个重要位置的资格。这样，只要机遇一来，你就能顺利地走出低谷，攀登到人生的巅峰。

"心理财富"的创始人、潜意识培训师李胜杰先生，曾梦想当个画家。在当年美术专业毕业后，他便去了深圳，利用自己的积蓄创办了一家美术培训学校。

但由于经营不善，两年后学校倒闭了。之后他又从事了多种工作，但都一直难有起色，于是他深陷焦虑之中。

后来在一位朋友的引荐下，他去新加坡参加了教练技术课堂，他的灵魂才受到了前所未有的震撼。

三个阶段结束后，他便走上了教练生涯。在培训事业上他颇有天赋，并取得了巨大的成功——他的训练足迹遍布世界各地，培训了数十万的学员。

他不但创办了多家大型培训学校，同时也成为国内第一位被邀请到人民大会堂作演讲嘉宾的华人教练。

李胜杰先生的人生经历告诉我们：人生不是一帆风顺的，而是波浪式发展的，有高峰，也一定有低谷。

当我们处在人生低谷时，不要消极悲观，而是应该冷静审视自己，究竟是什么原因导致自己陷入了低谷？找到问题的根源后，你才能找到正途，然后寻求改变，继续往前闯。

只要你往前走，就会相信美好的事情即将发生。

每个成功者都是从人生的低谷中一步步走上来，最终踏上成功的高峰的。这是人生的一堂必修课。

低谷是人反弹前的准备期，是为我们提供闭关修炼的时刻。正确面对所谓的低谷，接下来的努力都是在往上走，所以接下来发生的一切与低谷相比都是美好的。

选择新的姿态，让生活没有遗憾

人生在于不断寻找起点，就如老鹰的重生，获得新的生命力。

一个人工作久了，很容易被过去的一些经验和思维所束缚。一件事情以前怎么做，以后就会接着这么做，不会根据外界条件的变化而适时调整自己的观念和方法，结果很容易让自己步入死胡同。

有这样一个试验：把一只蜜蜂和一只苍蝇同时装进一个玻璃瓶中，然后再把瓶子平放，让瓶底对着窗户。

结果会怎么样呢？蜜蜂一直不停地在瓶底钻来钻去，它想在瓶底上找到出口，于是一直到它力竭饿死，它还是飞不出瓶子；而苍蝇却能在短短几分钟的时间里，快速穿过另一端的瓶颈逃逸。

为什么会这样呢？那是因为蜜蜂基于"出口就在光亮处"的思维方式，想当然地设定了出口的方位，并且不停地重复着看似合乎逻辑的行动。可以说，正是由于这种思维定式，它才没能逃出那个瓶子。

而那些苍蝇是没有思维定式的，它们全然没有对亮光的追寻，而是四下乱飞，终于无意间找到了出口，逃了出来。

人一旦陷入了思维定式，那他也就被卡在了一个瓶颈，从而丧失了成长的动力。

最后，长期形成的习惯和思维模式会让人跟不上潮流，最后只能被扔进时代的废品箱里。

要改变这种被淘汰的命运，唯有创新。

只有不断创新，才能始终保持激情与活力。

其实世间万物的成长，都必须经历一个不断创新的过程，没有创新，也就没有进步。因为事物如果长期停留在一个层面上，它就会将自己局限在一个既定的狭小空间里，丧失了成长的动力，也缺乏成长的空间。

唯有敢于突破现状，挣脱束缚，它才能进入一个全新境界去发展自己，提升自己，才能给自己未来的发展打开一片新天地。

海边的沙滩上有一种不起眼的小动物——寄居蟹，每当潮水退去的时候，我们可以看见到处都是这种可爱的小动物。

寄居蟹，它身上的壳是借来的，每当它成长到某种程度，旧的壳已经无法满足它生存的时候，它就必须找一个更大的壳才能让自己活下去。

然而在它换壳的时候，必须暴露它那最柔弱的身躯，但它懂得，它必须放弃一些熟悉的、习惯的东西。

这样的冒险是值得的，因为只有找到一个更大的壳才会有真正的舒适与安全。

其实人也一样。

不少人随着时间的推移，发现自己在职场上并没有取得重大突破，反而每天身陷于平淡重复的工作中而蹉跎岁月的时候，就

是遇到了职业发展的瓶颈，让人停滞不前。

只有不断创新，才能不断发挥出你的创造力，将自己一步步推上新的台阶。而要做到创新，你就必须放弃一些熟悉、习惯了的东西，塑造一个全新的自己，来赋予你新的生命力。

一个人的一生很长，不可能只做了一件事情便能到老。每一件事情完成之日，也就是新的起点开始之时。记住，你若不开始新的起点，没人能让你重生。

开始新的起点，就要跟过去的一切成就和辉煌说再见，所以不要把曾经助你成功的经验看得太重。

小学时所学到的知识能帮助我们考入中学，中学时刻苦读书掌握的知识又让我们进入大学学习。如果人只是停留在小学时的水平是无法进入下一个门槛的，在不同阶段就应该学习和掌握新的知识与经验，来应对新的处境与变化。

而"学生"只是我们人生角色中的一种，随着我们不断成长，生活赋予我们的角色会越来越多，就更要求我们不断地适应与转变。

选择新的姿态后，在每一个新的角色中都能应对自如，这样的生活才会和谐没有遗憾。

一切都会有最好的安排

实现自己的理想，体现自己的人生价值，是每一个人心中的梦，而能够圆梦的往往只有少数人。

这是因为，按照管理学中 80/20 法则，事物往往呈二八比例分配：20% 的人能获得较大成功，并控制住世界上绝大多数资源；而 80% 的人却比较平庸，常为生活所累。

对于别人的成功，人们总习惯表现出自己的羡慕或妒恨，可却很少有人反思：自己为什么不能成功？

世间没有无缘无故的成功，也没有无缘无故的失败。

成功的人未必都是沾了机遇的光，而平庸的人也未必是命运所致。而这幸运之神其实就是人的思维、性格、行为。平庸者总习惯束缚在思维瓶颈中，作茧自缚，故步自封。

要知道，成功的人，往往都是把握趋势的人。华人首富李嘉诚在总结他成功的经验时，说过这样一句经典的话："别人没看见时，我看见了；别人看见了的时候，我已经在做了；当大家都在做的时候，我就开始走。"

的确，当别人没去做，或很少去做的时候，你才能挖到那桶金；当大家都去做的时候，已经陷入了过度竞争，这时去做不但无利可图，而且可能还要去为这个行业"买单"。就像一桌菜一样，去得早的人能享用一番，后去的人只能吃到一些残羹冷饭，然后再给大家"买单"。

心理学中有一个"习得性无助"理论，说当一个人反复受到挫折后，就会深感无助而彻底放弃抵抗，乖乖地接受命运的摆布。

动物学家做过一个实验：在一个大笼子里面装一只狗，并在笼子的出口处装上一块电击板。

通电后，打开笼子的出口，狗就会拼命往出口处逃，结果一触到电击板，被电击之后本能地往会退。

休整一下之后，狗会继续出逃，结果又被电击退了回来。

经过反复多次尝试之后，狗就会乖乖地躲在笼子的角落。这时把电关掉，但狗也不会再往出逃了。

这看起来似乎有些好笑，其实，这是很多动物的通病。人也一样。

有些人在做一件事时，开始时还雄心勃勃，但失败几次之后就会陷入绝望，不自觉地缴了械，从而深陷于自己所设定的框框中，不再努力。

有些人从职场中跑出来创业，兴奋地注册了一家公司。半年、一年过去了，不但赚不到自己设想的钱，还大量亏钱，于是马上把公司注销掉，从此不再踏入商海一步。

当你问他为什么不再去创业时，他往往会说："现在做每一行的人都非常多，去做也是亏损，还不如打工拿工资来得实惠！"

所以，一个人要想获得成功，一定要成为一个不守旧、不自封的人，要敢于在失败中拿出勇气，去与挫折抗衡。

其实，许多事情只要自己肯用心去做，你会发现它们并没有自己预想的那样艰难。

20世纪60年代中期，有一位韩国学生前往剑桥大学主修心理学。在读书期间，他养成了一个习惯：他喜欢利用喝下午茶的时间，跑去学校的咖啡厅或茶座，去听一些成功人士聊天。

在这些成功人士中，有许多社会上的顶尖人物：诺贝尔奖获得者，大牌学术权威，知名政客，大企业家，等等。这些人幽默风趣，举重若轻，但都把自己的成功看得很自然，似乎顺理成章。

时间久了，他慢慢感觉到在国内时，自己被一些成功人士欺骗了：那些人为了让正在创业的人知难而退，故意夸大自己创业时的艰辛，借此吓唬那些还没有取得成功的人。

学心理学的他，认为很有必要去研究一下成功人士的心态。1970年，他把《成功并不像你想象的那么难》作为自己的毕业论文，提交给现代经济心理学的创始人——威尔·布雷登教授。

布雷登教授读完之后，惊喜异常，认为这是个非常有价值的新发现，这种现象虽然到处存在，之前却没有一个人敢大胆地提出来，并加以研究。

惊喜之余，教授写信给他的剑桥校友——当时正担任韩国总统的朴正熙。他在信中说："我不敢说这部著作对你有多大的帮助，但我敢肯定它比你的任何一个政令都能产生震动。"

果然，这本书后来伴随着韩国经济一起腾飞了。它鼓舞了许多人，因为它从一个新的角度告诉人们：成功主要在于一个人的

心态和思维。

其实，成功很简单：只要你对某一事业感兴趣，并长久地坚持下去，自然会成功。因为上帝赋予你的时间和智慧，够你圆满做完一件事情。

也正是受这点启发，后来，这位青年也获得了成功——他成了韩国泛业汽车公司的总裁。

成功是努力奋斗出来的，不是想象出来的，也不是等出来的。现实和想象是有很大距离的，不要认为事业的成功会像你计划的那样顺利，一个设想要付诸实践，会遇到不少的挫折。

但同样，成功也不会像你想象的那样艰难，只要全心去做，等上路了，你就会发现成功只是一个水到渠成的过程。

人在迈出每一步时遇到的困难都是上天为你量身定做准备的，他了解每个人，不会把别人的问题摆到你面前，也不会让你跨根本跨不过去的坎儿。

所有这些因人而异的精心设计，其实都是最好的安排，因为当你走出很远以后再回头看那几步路，就如同看小时候总把自己绊倒的门槛一般，原来是那么矮小，现在的自己稍稍抬脚就能轻易跨越了。

因此，要感谢那些最好的安排，让你能看起来越来越得心应手。

以自己喜欢的方式去享受人生

人到底是在追求过程的体验，还是在追求最终结果的获得？

100 个人可能会有 100 个答案。

但其根本的一点是谁也不能否认的：人生是一种过程的体验，享受生活轨迹过程的乐趣，远远大于结果的获得。也只有在过程的体验中，才更能体现人生的价值。

逸飞集团的董事长陈逸飞先生从商几年，可是他从来都没有放弃对画画的追求，很多商界同人都把他看成是一位画家。有趣的是，很多艺术家却把他称作商人。

对于陈逸飞来说，他审画、作画的才能在艺术界来说也算是首屈一指，但是对于企业运作的规律，会不会是一种隔行如隔山的感觉呢？

在陈逸飞的心里，这只不过是他人生路上的一个过程而已，是一个让他重新学习的课题罢了。因为每一个人都有一个理想，对于现在的不满意，或者是想让它变得更加完美，那就需要一群人去改善它，去完善它。

这个过程就是组织人员的过程，也就是企业经营的过程。这个过程对于人的一生来说，都是一次宝贵的经验。

做人，需要各种各样的人生给予他的考验，如果有条件有能力去体验一下的话，这才能体现出人生的价值！

所以对于陈逸飞来说，他从来没有后悔他所做过的事情，无论是成功还是失败，因为他在体验人的一生中所要经历的酸甜苦辣。他所后悔的应该是他没能做的事，因为他希望能做更多的事。有时候，过程的享受往往比纯粹的结果更有意义得多。

看过《人间四月天》的人，往往都会对哲学家金岳霖的痴迷行为大惑不解。

金岳霖认识林徽因之后，便对她一往情深。而林徽因此时已嫁给了梁启超的儿子梁思成，算是名花有主了。

正常情况下，到这一步，爱情就该结束了。但金岳霖却不是这样的，他终身未娶，一直陪伴在林徽因身边。

其实，作为哲学界的泰山北斗，金岳霖追求的就是一个过程——只要能永远陪伴着林徽因就可以了，至于"能不能得到"这一结果，他并不在意。

既然人生是一个过程，就应当用心去品味人生中的每一个片断。

相信许多人的脑海里都有这样一种观念：生命都只有一次，没有什么前世来生，所以人从出生到死亡是一次没有归期的旅行。既然是一次没有归期的旅行，那么人生中的每个片段都是短暂的，宝贵的，所以值得珍惜。

然而，有的人往往对快乐的瞬间非常喜爱，却对艰难的时刻感到厌倦，甚至痛苦到无法忍受，希望快速翻过这一页。

这样的生活方式是很难获得幸福的。因为他们会想当然地认为，人生中有百分之八九十的时光是在不如意中度过的，如果抱着这种心态去过日子，人生将会黯然无色。

人生的快乐在于你用心去品读，就像看电视剧一样，精彩的剧情片断自然可以引人入胜，但平淡的剧情也值得去品味。

如果只匆匆地把高潮部分浏览一下，再把结尾部分浏览一下，剧情将是毫无乐趣的。因为这样，你就品味不到剧情的起起落落，大喜大悲。

人的一生是由一个又一个片断构成的，这些片断有顺境，也有逆境。顺境有顺境的轻快，逆境有逆境的厚重，把这两者合起来，才是精彩的人生。

只有顺境的人有时会显得过于单薄，在逆境中一蹶不振的人又难免变得市侩消极，只有以自己喜欢的方式勇于从困境中挣脱，才能将坎坷人生路走出一片坦途的人，才会心中有光亮，成熟但不迂腐，智慧而不算计。

这样的人生，会让你活成最出彩的自己。

做最好的自己，让将来的你无可替代

有的人常常感叹：为什么在工作中，有的人能做得风生水起，

成为出类拔萃的优秀人才，而自己却一直能力平平？为什么在生活中，有的人能取得辉煌的成就，成为众人注目的名人，而自己却一直平平淡淡、默默无闻？

其实，人与人之间的差别不是天生的，而主要在于大家后天不同努力的结果。

一个人的成功，必须在打造自己核心优势方面做出巨大的努力，通过不断地超越和自我完善，你才能成为某个领域中的佼佼者，从而让自己不可替代。

1978 年以前，中国的交换机市场一直被国外所垄断。因为国外这些大公司掌握着核心技术，中国无法仿制和生产，故此价格高昂。日本的交换机，一般每线需要 180 美元，而欧美的交换机，每线竟高达 300~400 美元。

如此高昂的价格，完全就是在"挥刀宰人"。

可是国内一无生产程控交换机的技术，二无生产程控交换机的厂家，想要靠着"鹦鹉学舌"，用组装的交换机和这些电信巨商竞争，那简直就是螳臂当车。

举个简单的例子，只要国外厂家一断散件供应，国内组装交换机的厂家立刻就得停产。

面对近乎于敲诈的价格，因为技术不如人，忍就忍了，可让人义愤填膺的是，这几个国家的交换机，分别采用不同的制式，交换机互不相通，造成了中国通信市场一片混乱的现象。

没有国家的富强，就没有商家的兴旺。

军人以报国为己任，当兵出身的任正非成立了华为公司，赚取第一桶金的同时，他也没有忘记自己肩头的使命——每一个有良心的企业家，都应该在为企业、为社会创造财富的同时，也要将强国当成自己一生最高的责任。

那时候的华为公司，只是一个名不见经传的小公司。面对市场上国外高价的程控交换机横行无阻，一些县区级小市场组装机和走私程控交换机泛滥的局面，任正非拍案而起，对华为的技术人员说："华为一定要生产出自己品牌的程控交换机！"

面对任正非做出的大胆决定，华为的技术人员疑惑地问："我们自己生产华为品牌的小型交换机，这能成吗？"

当时国内，不光任正非对"七国八制"侵占中国程控交换机市场的国外巨商不满，还有不少有良心的企业家，也想与国外的电信巨头较量一番，尽早恢复电信市场的稳定。

可是研发程控交换机，有一个很大的技术瓶颈。想要突破这个技术瓶颈，必须下大力气，花大把的时间，最最要命的是，还要投进大量的金钱。

现在任正非想要生产华为品牌的交换机，然后和雄霸国内电信市场的外国品牌交换机争天下，这是不是有些不自量力了？

任正非天生就有一股不服输的劲，他将自己的目标锁定在了 BH01 型的 24 口小型程控交换机上。此时的 BH01 型华为交换机，在任正非的眼里，就是他冲锋路上的一座坚固碉堡，不将这个产品拿下来，华为就没有生路。

经过刻苦的攻关，BH01 型的 24 口小型程控交换机终于被研制了出来。任正非通过农村包围城市的战略，使其一炮打响，这

也更坚定了他以电信产品为自己主攻方向的战略方针。

经过几十年的发展，华为一跃成为世界第一大电信供应商。

再来看看《财富》世界 500 强的排名：能源类第一名是杜克能源公司，炼油类第一名是英荷壳牌石油公司，物流快递类第一名是 UPS 公司……

他们有一个共同之处，就是进行专一化经营，非常专注地把一个行业做好，并尽心打造独有的核心竞争力，把企业做大、做强。例如，UPS 发展到今天它只做了一件事——用最快的速度把包裹送到客户手中。

只做了一件事，UPS 就把业务做到了全世界。

世界上很多企业，就是靠集中所有的时间、精力、资金和技术做好一种"拳头"产品而在竞争中立于不败之地的。

第一名，拥有光荣！

第二名，还可以和第一名掰掰手腕。

第三名，只能去拾人牙慧。

1969 年 7 月，美国"阿波罗"11 号宇宙飞船实现了人类首次登月的梦想。

第一个踏上月球表面的人——阿姆斯特朗，向全世界宣布："这是我个人的一小步，却是人类的一大步！"那一刻，全球数以亿计的人通过电视屏幕看到了这一激动人心的场面。

然而，这个人类的伟大壮举，转眼间已经过去 40 多年了，而今又有几个人还记得第二个登上月球的美国人——阿姆斯特朗的同伴呢？

所以，要想成为在某领域中非常有成就的人，就必须立志成为某方面最为出色的人。只有这样，你才可能被人们定格在某个坐标上，永不褪色。

在一个领域做精做专，做到无人能及，这样优秀的你才是无可替代的。

因为经历过，所以才懂得

生活赋予了每个人同样的美丽和无穷的快乐，只要你用心去体会，哪怕你是一个有缺陷的人，也会同样拥有完美的生活。

生活永远是豁达的，它对每个人都是公平的。也许你是一个有缺点的人，然而你依然可以享受完美的生活。

莱迪诞生时，双目失明，医生对他的父亲说："他的双眼患的是先天性白内障。"

莱迪的父亲不甘心："难道就这样束手无策吗？手术也无济于事吗？"

医生摇摇头："直到现在，我们还没找到有效治疗的方法。"

莱迪虽不能看见世界，但是他有双亲的爱和信心，使他的生活过得很有意义。作为一个小孩，他还不知道自己失去的东西意味着什么。

然而，在他 6 岁时，发生了他所不能理解的一件事。一天下午，他正在同另一个孩子玩耍。那个孩子忘了莱迪是瞎子，抛了一个球给他："当心！球要击中你了！"

这个球确实击中了莱迪。但此后，在他的一生中再没有发生过那样的事了。

莱迪没有受伤，只是觉得极为迷惑不解。后来他问母亲："比尔怎么在我之前先知道我将要发生的事？"

他母亲长出了一口气，因为她所害怕的事终于要发生了，现在有必要第一次告诉儿子事实。

"孩子，请坐下。"她用很温柔的语气说道，同时伸出一只温暖而有力量的手握住他的一只手，"我不可能向你解释清楚，你也不可能理解得明白，但是我相信我努力用这种方式能解释这件事。"她把他的一只小手握在手中，开始数起手指头。

"1、2、3、4、5，这些手指头代表着人的五种感觉。"她讲道，同时用她的大拇指和食指顺次捏着莱迪的每个手指。

"这个手指表示听觉，这个手指表示触觉，这个手指表示嗅觉，这个手指表示味觉。"然后她犹豫了一下，又继续说，"这个手指表示视觉。这五种感觉中的每一种都能把信息传送到你的大脑。"

她把那表示视觉的手指弯起来，按住，使它处在莱迪的手心里，慢慢地说道："你和别的孩子不同。因为你仅仅用了四种感觉，并没有用你的视觉。现在我要给你一样东西，你站起来。"

莱迪站了起来，他的母亲拾起他的球。"现在，伸出你的手，就像你将抓住这个球。"她说，莱迪抓住了球。

"好，好。"他母亲说，"我要你永远不要忘记你刚才所做的事，你能用四个而不用五个手指抓住球。如果你由那里入门，并一直不断努力，你也能用四种感觉代替五种感觉，抓住丰富而幸福的生活。"

莱迪绝不会忘记"用四个手指代替五个手指"的信条，这对他来说意味着希望。每当他由于生理的障碍而感到沮丧的时候，他就用这个信条作为自己的座右铭来激励自己。

他认为母亲是对的，如果他能应用他所有的四种感觉，他确实能抓住完美的生活。

也许在生活中，我们都有这样或那样的缺点甚至缺陷，然而，只要我们怀有信心，通过自身不懈的努力，就一定能克服各种困难，找到生活的意义。

完美生活不一定是完美的人才能感受得到的，只要我们不懈地去努力，并用心去体会，就能品尝到生活所赋予的酸、甜、苦、辣，就能将掺和着百味的人生过得有声有色，过得圆满。

生活中五感俱全但却麻木无知觉的人多的是，老天让他们身体健全，但他们却自己选择缩起了手指，丧失了对幸福的感知力。完整不一定代表完美，只有亲身经历过并仍心怀感恩的人，才能懂得什么是完美的生活。

第四章

只要无所畏惧，全世界都为你喝彩

順境和逆境永远是人生的正反两面，它们阴阳互变，共同铸就了我们高低起伏的精彩人生。

有些人喜欢顺境，厌恶逆境。其实不管是顺境，还是逆境，都是我们人生中的一笔宝贵财富。顺风固然好掌舵，让人舒心、惬意；但逆水也要行舟，因为逆境往往更能磨炼人的意志，催人奋起……

我只是在改变我不想过的生活

成功是每一个人所向往的，只是成功者在成功之前经历失败总是在所难免。这是因为，无论做什么事，都不可能一帆风顺，都会遭遇磕磕碰碰。

实际上，成功之于失败，也就在一线之间——宛如路途中的一道坎，跨过了就能享受成功的喜悦，跨不过就只能在失败里暗自叹息。

成功与失败的分水岭就是：成功者善于总结失败的经验，将失败作为二次冲刺的起点；失败者则往往深陷于挫折之中，从此一蹶不振。

有一个应聘的故事，至今想起来仍然记忆犹新。

某家大型集团公司，有一次向社会招聘高端人才。

由于公司实力雄厚，待遇甚高，一时间求职者趋之若鹜。其中有不少名校毕业的高学历者，也有不少拥有过大公司工作背景的佼佼者，可以想象出竞争的激烈。

公司总共需要招聘三人。经过多轮面试及残酷淘汰，从数百位求职者中，公司淘金般地淘出了九名精英。最后要进行一轮总裁面试，再淘汰六人，真可谓百里挑一。

最后一轮面试在公司的会议室里举行。

总裁在大家的注视中步入了会议室，他扫视了一下，奇怪地发现，会议室里居然出现了十名应聘者，于是有点不悦地问道："哪位不是来应聘的？"

这时，坐在后面的一位 30 岁出头的男子站起来客气地说："先生，我在第一轮面试的时候就被淘汰了，但我想参加复试。"

在场的人都笑了起来，包括在会议室门口闲看的一个老者。

总裁带有点嘲弄的口气问他："你初试都被刷掉了，还跑来做什么？"

男子自信地说："因为我身上拥有许多财富故事，我本人就是财富。"

在场的人又一次哄堂大笑，大家都像看戏一样看着他。于是，总裁逗他："那你把你的财富摆出来看看。"

男子回答道："我本科毕业，工作过十年，服务过 11 家公司……"

总裁打断他说："你的学历并不高，十年的工作经验看起来还不错，但你跳槽十多家公司太令人吃惊了，让人难以接受！"

男子辩解道："先生，我不是跳槽，而是因为这些公司先后都倒闭了。"

在场的人又一次哄堂大笑。总裁笑了笑说："看来你还真够倒霉的，呵呵！"

男子却回答说："相反，我认为这是我一笔难得的财富。我很了解这些公司，曾与同事们努力挽救它们，虽然不成功，但我从那些公司的失败中学到了许多东西。"

这时，站在门口的老者走了进来，给总裁倒了杯茶。

男子起身，无奈地准备离去，临走时他对总裁说了一句："企业用人时，往往只关注身上有光环的人，其实历经失败的人也一样难能可贵，这十年的工作经历让我拥有了敏锐的洞察力。"随后他指了指那位老者，"举个小例子吧，今天真正的考官其实不是您，而是这位老人。"

全场的人顿时一片惊讶。

这时，老者走进来，笑了笑，满意地说："能识破我的身份，不错，你优先被录取了！"

毫无疑问，这位第一轮就被淘汰的男子，赢得了老者认同，获得了成功。而他的成功，恰恰来自于失败经验的积累，和屡屡遭遇失败后的切身感受，来自于站在失败角度的逆向思维，以及超越常人的观察能力。

的确，按照常理，大家的目光都容易被总裁光芒四射的光环所吸引，谁又会注视那位站在门口貌不惊人、毫不起眼的老人呢？不能看出来，实在不是大家的错。

但这位男子偏偏就能通过细微的观察，揭开了老者的庐山真面目：一是公司里的员工往往都是 50 岁左右就被淘汰出局，一位白发苍苍的老者还在公司任职，他一定是级别非常高的人，而绝不是一个端茶倒水的人——这种场合，如果要倒水，肯定是年轻的女秘书做，而不是年逾花甲的老者做。

二是总裁亲自复试高端人才，闲杂人等是不可能站在门口瞧

热闹的，而那老者笑嘻嘻地站在门口看热闹，一到关键时刻就来给"总裁"倒茶，很可能是他们私下的一种暗号。

所以，那位"总裁"不过是老者的替身而已，真正的面试官就是老者本人。

这正是经历了无数失败而总结出来的切身经验，也是通过失败积累的人生财富。

可见，失败的经验往往比成功更珍贵，因为成功者的工作模式，只是在复制自己过去的成功经验，很难有创新，也不会有更大的发展。反而倒是失败者经过一次次反思，对失败理解得更深更具体，才会懂得避开失败的陷阱。

你不想过的生活，如果把它当做是打击，那哪怕是再渺小的不如意也会让你心生抱怨、止步不前；而你若将它视为鞭策，有一天就会过上自己向往的生活。一转念，便是一片新天地。

你的生命，只有在拼搏中才能绽放光彩

拿破仑曾经说过："活着的士兵，要远比死了的皇帝更有价值。"

是的，活着的生命才有精彩可言。

生活中总有那样的人，一旦遭受沉重的打击，就会变得心灰

意冷，茫然不知所措。

有一个老板，在一次经营失败中亏掉了所有的财产，而且还背上了不少债务，顷刻间就由往日的成功顶点跌落到了人生的最低点。

有道是树倒猢狲散，就在他失败之后，老婆也离他而去，他真的变得一无所有了。

他的一位好朋友害怕他想不开，于是找他一起去山间游玩，以便散散心。

山间有一条缓缓而流的小溪，两人在溪边欣赏着。突然，朋友指着上面一个方向对他说："你看，上面有几片树叶，在逆水而上地漂流！"

那位老板一听，颇感诧异，因为世间只有树叶顺流而下的，却从没见过树叶还会逆流而上。

他放眼一望，还真看到几片树叶在不断地往上飘着，一时间惊叹不已。他顿时小跑过去，想看个究竟，没想到一走近，树叶消失了，在溪流里看到的却是一些长得像树叶的小鱼。

正当那位老板感到有些失望的时候，跟在一旁的朋友说了一句富有哲理的话："其实，你今天看到这些，已经是相当大的收获了——没有生命的树叶自然是顺水漂流，而具有生命力的小鱼，却能逆流而上！"

那位老板顿有所悟，从此，他重新振作了起来。

是啊，没生命的叶子才会随波逐流，但只要有生命，连生命弱小的小鱼，它们都敢于藐视命运的冲击，逆流而上。而对于活着的有智慧的人，又怎么能甘于被人生小小的风浪击溃呢？

人的生命，正是在拼搏中才绽放出光彩的。

蒙牛的老总牛根生，原本是伊利集团的一个生产厂长。这个当年从一个挤奶工做到厂长的人物，作为一名打工者来说，已经非常成功了。

但因为他在公司里备受排挤，被逼无奈之下，他向老板提交了辞呈。

一下从天上跌落尘埃的牛根生，心里的确不是滋味，但也让他明白了一个道理：帮别人打工，平台都是别人给的，所以一切都被别人抓在手里，哪天把平台抽走了，自己就一无所有了。

为了以后不至于重蹈覆辙，他利用自己多年从事牛奶行业的丰富经验，于1999年毅然创立了自己的蒙牛公司。

经过不到十年的跨越式发展，他把一个由几个人组成的小公司，打造成与伊利并驾齐驱的大型集团，创造了自己的人生神话。

古人说："山重水复疑无路，柳暗花明又一村。"的确，天无绝人之路，生命中没有绝境，活着的生命都要学会逆流而上。

其实，在人生的旅途中，遭遇困境不可避免，但要相信困难只是暂时的，生命中从来就没有真正的绝境。

当我们身处困境时，要做的是先冷静下来，不要回避退让，而是拿出勇气去拼搏。而且在拼搏的过程中一定要用心体会，因为生命最重要的其实不是结果，而是拼搏的过程。

不经一番寒彻骨，怎得梅花扑鼻香。从来都没有轻而易举的成功，不经过拼搏得来的一切也会让人觉得平淡无奇。

其实，在人们总结这一生时，并不是在罗列那些可圈可点的成绩，回忆最多的往往是那些让我们有灵有魂的拼搏岁月。因为，正是这些经历将你变成了那个最好的自己，生命也在拼搏中绽放出了夺目光彩。

谢谢自己能一直坚强下去

其实，失败本身并不会让人悔恨，真正令人扼腕叹息的，是知道自己离成功只有一步之遥——在就差那么一点点的时候，自己却浑然不知而没有坚持下去。

曾听过王石讲过这样一段经历：有一天，他去攀登珠穆朗玛峰，由于经验不足，再加上高原反应强烈，氧气消耗得非常快。

当他爬到 8000 多米高度的时候，觉得胸闷得厉害，原来是氧气快要消耗完了。

这时，他只有两个选择：要么往回撤，那么这一次就与峰顶无缘；要么赌一把，先登上峰顶再说！

一番思索之后，他选择了后者。

结果，当快爬到顶峰的时候，他发现路边扔了不少废氧气瓶。他逐个检查，结果捡到了一个还剩半瓶氧气的瓶子，借助它，他成功地登上了顶峰。

有的人为了跨入成功的大门，曾一路披荆斩棘，为之付出了艰辛的努力，然而就差临门一脚的时候，他遭遇了难以逾越的困境。在困难面前他动摇了，最后选择了放弃。

其实，就在他感到绝望的时候，他已经徘徊在了成功的门外，只要再往前迈进一步，他就能跨入成功之门。就是因为放弃，他才成为了一名失败者。

当然，并不是每次的努力都能成功，但每次的努力都是一个不断累积的过程，就像烧水一样，烧到99℃的水依然不会开，如果再坚持烧1℃的话，水自然就开了。

成功就是这样，它一定要努力积累到一定的程度，才能从量变转化成质变。

不要只看到成功人士在取得成功时的轻松和惬意，其实在背后，他们也经历了无数的艰辛，是不灰心，不放弃，积极进取，帮助他们最后修成正果。

"可爱教主"杨丞琳，小时候就有了自己的明星梦。而且，随着人的不断成长，她这种明星梦越来越强烈。

然而，现实并不那么如意，就在她14岁那年，家里连番遭遇变故：父亲做生意失败，赔光了所有家产，母亲也因此离家出走。

突如其来的变故，顿时让小小的杨丞琳不知所措。她父亲不仅要维持艰辛的生活，还要想方设法四处躲避那些债主。孤苦伶仃的她，常常一个人把自己关在房里哭泣。

直到后来，她母亲回来了，她才重新燃起了生活的希望。

母亲是很关爱她的，也非常支持她的明星梦。看到她失落的样子，母亲便鼓励她说："人生的道路本来就是充满坎坷的，你必须勇敢面对，你只能做生活的主宰者，不能给自己找任何的借口！"

在母亲的鼓舞下，杨丞琳下定决心，为进入演艺圈而奋斗。此后，她开始参加各种类型的电视选秀节目和表演，哪怕屡战屡败，她也毫不气馁。

有一次，她参加了一场美少女选拔赛，一番努力后，才获得了区区 400 票，与冠军相差甚远。那一次，她禁不住哭了。但一想到母亲的那句话，她又坚强了起来，她相信，这仅仅是一次考验而已。

没多久，她又参加了"健康美少女"的选拔，这一次，她成功地闯进了决赛。尽管这一次她还是与冠军擦肩而过，但她已经满意了。

她就这样一步步地向着梦想迈进。终于在吴宗宪主持的"超级新人王"节目中，她如愿以偿地获得了月度冠军。她的努力，终于得到了认可，从此真正踏上了明星之路。

1999 年，她与经纪公司顺利签约，开始了她的演艺生涯。但此后她也是一路艰辛，甚至还被人扔过鸡蛋，但她的信心并没有动摇过。

终于，在 2005 年，随着青春偶像剧《恶魔在身边》的迅速蹿红，在剧中担任主角的她，自然也就赢得了人们的青睐。

同年 9 月，她的首张个人专辑《暧昧》正式发行。一周后，台湾两大销量榜公布榜单，她勇夺双榜冠军宝座，并抢占其他各大排行榜冠军宝座。

2006 年 4 月，她在台中举办了个人首场演唱会，实现了儿时的个唱之梦。

后来，在一次采访中，她感慨地道出了自己的成功秘诀："其实，我现在所拥有的这一切，都离不开母亲对我的教诲。是她教会我，要想成功，只能做生活的主宰者，不要给自己找任何的借口！我做到了，所以我成功了。"

世上之所以多数人碌碌无为，是因为他们并不清楚自己要成为谁，因此一点困难就会被他们放大，也会成为自己没有成功的理由与借口；而当你认定自己就是生活的主宰者时，困难与目标相比就显得微不足道，并会想尽办法去克服。

而当你成为了那个向往的人时，你一定会庆幸，幸亏自己一直坚强了下去。

具备开始的勇气，就有了成功的豪情

培根曾经说过一句话："人生最重要的才能，第一是无所畏惧，第二是无所畏惧，第三还是无所畏惧。"美国作家爱默生也说过："自信是成功的第一秘诀。"

心灵就是追求理想的航标灯，当你迷失方向的时候，只要遵循它的指引，就会知道未来的方向。

但梦想归梦想，一旦要去做的时候，许多人就没自信了。因为回顾一下自己，会发现自己既没资本，也没门路，似乎一无所有，自然对事业望而却步了。

有些人过于注重成功的客观条件，老把条件当成自己成功的前提。如果条件不济，他们便搁浅自己的梦想，推托说：等以后条件成熟再去做吧。而在现实中，他每天所做的事却与自己的梦想毫不相干，于是就这样一直虚度时光。

瑞典有句格言："我们老得太快，却聪明得太迟！"正如一个故事所讲的那样：有个人的太太，一直希望丈夫能送条项链给她，但是他觉得太浪费，总推说等以后钱富余了再买。

结果却是在太太死后，他流泪用他存的钱买了条钻石项链放进了她的坟墓。这不是太愚蠢了吗？等到……等到……很多人就是在等待中丧失了机会。

事业也是一样，原本很早就可以去做的事，却习惯于一拖再拖。这种现象在生活中，每天都以不同的版本在上演。

有好的资源条件，当然有助于一个人快速成功，但并不是没有资源就完全与成功绝缘。其实，许多成功人士都是在一穷二白的基础上奋斗起来的，他们依靠的是自己的自信，内心深藏着的一股雄心。

深圳聚成培训集团公司的老总刘松琳，这位年轻的 80 后企业家，旗下拥有上千名合作培训师，其中不乏像余世维那样的名流。无论从哪方面讲，这位都是一位非常出色的成功人士。

但如果你翻开他的奋斗史，你会惊讶于他的经历：在 20 世纪 90 年代初，初中学历的他孤身来到深圳打工，在一家工厂做油漆工，每天工作十多个小时，也没有休息日。

可这样辛苦地工作，每月的收入也只有寥寥数百元。

一年后，他愤怒地丢下一句话："我一定要混出个人样！"于是，他毅然辞工去独立发展。没有收入来源的他，在深圳租了一间最便宜的铁皮房，开始了自己的创业生涯。

他开过小店，做过小批发商，但都没有成功。

后来，他发现深圳的培训业开始兴起，发展前景非常可观。没有学历的他毅然加入这一行，省吃俭用花钱去听培训大师们讲课，去模仿他们，并常常去图书馆里充电。

为了打开局面，他开始跑到一些工厂，去做一些免费的励志类培训，去锻炼自己的口才和提升自己的知名度。终于，慢慢地，他有了一笔笔培训收入，并在业内小有名气。

到后来，他组建了自己的培训公司，并把公司打造成一个一流的培训平台，业务从深圳做到华南片区。而后再面向全国，在培训业里发展成了与时代光华并驾齐驱的知名培训公司。

由于他在这方面的卓越成就，后来，他还被邀请去给清华大学的博导上培训课。

这些辉煌的成就很难让人将之与一个初中学历的工人挂起钩来。但刘松琳确实成功了，没有什么条件，全靠自己无所畏惧的勇气和一颗野心去创造。

所以，成功与物质条件关系并不是很大，最关键的是勇于开始并坚持了下去。然而很多人最初会在激情的推动下，斗志昂扬，信心百倍，随着越走越远，困难会越来越多，初心就会变得越来越模糊。

走得越远，越要不断回头去寻找当年让自己出发的梦想和最开始时的勇气，这样才不会半途而废、偏离目标，向着光亮那方前行，取得自己向往的成功。

愿你的选择，配得上自己所受的苦

一个人自呱呱落地后，大家都期望他的一生能一帆风顺，心想事成。只是天下事不如意者十之八九，谁又能保证自己一生不遭遇任何意外呢？

当然，能够一帆风顺固然可喜可贺。但一旦遭遇了意外，也没有必要自怨自艾，仿佛世界末日来了那样，而应该重拾信心，将逆境化作奋进的动力，让自己所受的苦配得上最终的选择。

美国著名女作家海伦·凯勒因患猩红热而丧失视力和听力，从而失去了一个人对世界的重要感官能力。

上天似乎对凯勒是最不公平的，但她并没有被这一挫折击

+

溃，而是在逆境中重新寻找生命的意义。结果，逆境塑造了她，磨砺了她。

失去了听力和视力的凯勒，从苦难中坚强地站了起来，开始了她的写作之旅。

在那无光、无声的世界里，凯勒用生命书写了《假如给我三天光明》《我的人生故事》《石墙故事》等著作，并致力为残疾人造福，建立慈善机构。

1964年，凯勒荣获了"总统自由勋章"，次年入选美国《时代周刊》，被评选为"20世纪美国十大英雄偶像"之一。

在我们的生活中，虽然不乏风雨雷电，但更多的是阳光灿烂。

其实，世界有了风雨的洗礼，将变得更加清洁干净；人生有了挫折的磨砺，将使生活更加绚烂多彩。

温室里的花朵再美丽，一遇风寒即凋谢。顺境里生活的人，一遇波折就会怨天尤人，束手无策，怎能得到生活的恩赐？

没有逆境的世界，是一个没有生命力的世界。只有经受了逆境的考验，并从逆境中走出来，才能步入一个新的、广阔的发展空间，从而创造出生命的奇迹。

说到逆境，当说一说中国的杂交水稻专家袁隆平。

袁隆平一开始研究杂交水稻的时候，有两条关于水稻杂交育种的思路——

第一种方法是人工去雄。但这种方法费工费力，不仅产生的种子有限，也不可能在稻田中搞大规模的实验，倒是可以在实验室里小规模地进行。第二种方法便是找到雄花不育的母稻。

雄花不育的母稻，在自然界中虽然生存，却难以找到，而将其培养成杂交水稻的"母稻"，更是困难重重。

培养雄花不育的母稻工作在国外也没有先例，因而国际上的某些权威便在理论上断定，此方法没有实用价值。

于是，袁隆平的杂交理论正式提出后，立刻在育种界招来一片质疑之声。

不少反对他的人拿出了一份《科学》杂志，根据杂志上提供的最新消息称：早在 1926 年，美国人琼斯就发现了水稻雄花不育的现象，根据他的理论，日本、美国和菲律宾，都曾进行过杂交水稻的实验，但无一例外都失败了。

袁隆平不理这些非议，在 1964 年的夏季，他光着头，赤着脚，裤腿高绾，手拿着放大镜，硬是在稻田里找到了天然不育株。经过杂交优化，他终于使中国杂交水稻的产量跃上了一个新的台阶。

身处逆境有一个好处，那就是不管向哪个方向努力，都是向上的。艰苦是一把锋利的刻刀，时刻都在雕琢着人们的灵魂。宋代名将宗泽，临终前发出这样的呼喊声：渡河！渡河！渡河！

宗泽在病逝之前，还是念念不忘誓师北伐，临终无一语言及家事，只是高喊三声"渡河"而逝。

可见命运的法则就是要么你主宰命运，要么是命运奴役你。

从小酷爱钢琴的刘伟，却在年近十岁的时候，在一场事故中失去了双臂。

突如其来的灾难，并没有把刘伟的心灵击垮，他并没有因

此而放弃自己的钢琴家梦想。伤好之后，他毅然用双脚练习弹钢琴，并达到了出色的演奏水平。

因为，他用双脚在琴键上"写"下：相信自己。

23 岁那年，在维也纳金色大厅的舞台上，他用优美的旋律向世人展示了他奋斗的奇迹，从此一举成名。用他的话说就是："我的人生中只有两条路，要么赶紧死，要么精彩地活着。"

失败与挫折，对于有些人来说，或许是一场灾难，难以接受；而对于意志坚强的人，失败与挫折却能让他们逆势而上，用汗水和努力铸就人生的辉煌。

大历史学家、大文学家司马迁曾在《报任少卿书》一文中，有一段精彩的独白：

"盖文王拘而演《周易》；仲尼厄而做《春秋》；屈原放逐，乃赋《离骚》；左丘失明，厥有《国语》；孙子膑脚，《兵法》修列；不韦迁蜀，世传《吕览》；韩非囚秦，《说难》《孤愤》；《诗》三百篇，大抵圣贤发愤之所为作也。"

从这段文字里可以看出，身处逆境，反而更能激发人的潜力。试想一下吧：倘若这些历史圣贤没有经历过人生磨难，他们又怎么会写出这些流传千古的名著呢？

事实上，不只是中国的这些古人，在世界历史上，有很多名人都是在饱受挫折之后，才在一个新的领域里书写了人生的辉煌。

作家奥斯特洛夫斯基有一句名言："人的生命，似洪水在奔流，不遇着暗礁、岛屿，难以激起美丽的浪花。"

只有燃尽的蜡烛才明白自我牺牲的意义，也只有涅槃重生的凤凰才懂得千锤百炼的价值。

在该流汗的年纪，就该去奋斗，等到功成名才有资格谈"平平淡淡才是真"。那时淡然无憾的自己才会说，这一路所受的苦都是值得的。

任何的限制，都是从内心开始的

挫折往往是一种幸运，不曾经历过挫折的人生，不算是完美的人生。并非每一次不幸都是灾难，挫折就是人生的原色，有人在挫折中跌倒，有人在逆境中站了起来。

站起来的，便能成就更好的自己。

我们的成长需要面对挫折和逆境，不管挫折如何众多，我们要让挫折成为试金石，把它看成是一种历练。

虽然我们难免有失落，也会在无人的时候流泪，但只要我们敞开心扉，将所有的难过和悲伤都全部抛开，就能让痛苦成为我们人生路上的台阶。正所谓："不经历风雨，怎么见彩虹，没有人能随随便便成功……"

当你的目光总盯着阴暗面时，你就看不见头顶的阳光。当你选择悲观时，你就很难再乐观起来。

所以说，不管怎样也要保持积极乐观的态度，不管遇到什么困难，什么窘境，都要笑着面对，只有这样才能想到好办法解决它。

在生活中，如果你没有被困难、挫折等不如意所征服，而是以乐观的态度接受它，那么你就极有可能会把逆境反转为顺境。

始终都要相信自己是好样的。

顺境会使我们闲散慵懒，会使我们感觉不到自己的力量，很容易变得随波逐流；但是逆境能唤醒我们内心深处的力量，让人变得强大无畏。

与逆境干杯，向苦难致敬，英雄往往就诞生在这样的时刻，这也是你重新认识自己的关键。

梁启超曾说："艰难困苦，是磨炼人格之最高学校。"只有在患难困苦面前始终坚守内心执着的信念，我们才会建立起良好的人格，创造出不寻常的作为。

逆境虽然是人生中的障碍和阻力，但是，它只是增大了我们向理想、目标前进的难度，并没有剥夺我们为理想和目标奋斗的权利，以及实现理想和目标的可能性。

逆境可以磨炼意志、陶冶品格，充实人们的人生。因此，逆境既能打击一个人甚至毁灭一个人，也能成就一个人。逆境使强者获得新生，使弱者走向沉沦。

真正有价值的人，是在逆境中含笑的人。

1981 年出生于湖南的高燃，清华大学新闻系本科毕业，他于2004 年开始创业，曾任 MySee 直播网总裁，2015 年联合创立风云天使基金。

高燃曾透露说，他当年辞去工作创业，很大原因是想挣钱养老婆。他老婆在另一个城市当空姐，长得非常漂亮。两人两地奔波，自然花销就非常大，这让高燃感到了很大的生活压力。

高燃的成功，很大一部分原因是遇到了贵人蒋锡培，关于这一点，他们两个人都不回避。蒋锡培是江苏远东集团董事长，是一名从农村走出来、白手起家创业的成功人士。

2004 年 4 月，雅虎和新浪合作成立"一拍网"，马云旗下的"淘宝网"对国际最大在线交易平台"eBay"奋起直追。刚从大学里走出来的高燃看到这些，也想在电子商务领域里发展，于是他精心做了一个商业计划。第一份，他投给了当时在北京的杨致远，但没有回音。第二份，他就给了蒋锡培。

2004 年 6 月，蒋锡培决定投资给相识不过数月、大学毕业不到一年的高燃，这第一桶金简直就是从天而降。

这一次，幸运之神对高燃很眷顾。经过与蒋锡培面谈，他们达成了一项协议：蒋锡培出资 1000 万元占 65% 的股份，高燃以智力出资占股 35%。

面对这样的机遇，高燃欣喜异常，决定大干一场。但由于没有商业经验，他的电子商务计划最后以失败而告终。但蒋锡培当时说的话，让高燃铭记一辈子："这个项目风险很大，但你这个人是没有风险的。"

从创业的列车上摔下来，高燃感到很失落，纠结了一段时间。但他并没有因此而放弃，调整一阵子后，他又找回了创业

的激情。

2005 年 2 月，高燃遇到了当年的清华同学邓迪，两个人志同道合，一起创立了"MySee.com"。同年，他们融进了上千万美元的风险投资，成为当时国内首屈一指的网络视频服务供应商。

在逆境中总结经验，积极创造条件，就会改变自己的处境。由逆境变为顺境，必将收获成功，并在这个过程中磨炼自己的意志，提高自己认识世界和适应世界的水平。

巴尔扎克指出："世界上的事永远不是绝对的，结果完全因人而异。苦难对于天才是一块垫脚石，对能干的人是一笔财富，对弱者是一个万丈深渊。"

正因为有了困境，生命才会更加茁壮与饱满。"自古雄才多砥砺"这句名言讲得非常精辟，不怕千般风雨，不怕万般挫折，那些英雄人物无不是凭借顽强的毅力，以及对理想的坚定信念，战胜困难，取得了让人羡慕的成功。

吴敬梓写出了著名的《儒林外史》。吴敬梓的一生也是饱经磨难，但他是一个不服输、努力奋斗的人。他从 37 岁开始写这部书，依靠典当衣服、卖文和友人的周济勉强维持生活。

在冬天，由于家中没有火取暖，夜间写书非常寒冷，于是他就邀朋友伴着月光绕城跑步，以此取暖。就是在这样艰苦的环境下，在三年的时间里，他完成了 33 万字的巨著《儒林外史》。

面对逆境，吴敬梓毫不退缩，越挫越勇，这种精神是值得我们学习的。

拿破仑曾说过："人生最大的光荣，不在于永不失败，而在于能屡仆屡起。"

失败者总有一万个失败的理由，而成功者却都有个共同的特点：面对挫折，咬紧牙坚持！

伏尔泰曾说："人生布满了荆棘，我们能做的唯一办法就是从那些荆棘上迅速踏过。"

路有上坡下坡，人有顺势逆势，生活本来不就是这样吗？困境能激发一个人的潜能，但是内心设限了，就很难跨越一个个沟坎儿了。

人生的层层限制，其实都来源于内心，突破内心的限制比突破生活更难，而一旦心无界，则万事可成！

幸福是一种感觉，快乐是一种境界

歌德曾经说过："人之所以幸福和快乐，是因为他的心灵感到幸福和快乐。"

的确，幸福就是一个人内心的自我感觉，一种源自内心深处的和谐。一个人是否幸福快乐，不在于他从外在获得了什么，而在于他自己的内心作何评判。

快乐没有统一的标准，不同的人有不同的境遇，内心有不同

的标准，只要内心知足，那你就是幸福的。

有一天，上帝把天使召集起来，开了一个研讨会。上帝给天使们提了一个问题："为了让人类更加珍惜自己的幸福，我准备让人类在付出一番努力后才能找到幸福和快乐，你们认为该把幸福和快乐的秘密藏在哪里呢？"

天使们议论纷纷。有一位天使发言："我觉得应该藏在高山上，这样人类就很难发现，而且就算发现了，他们也不好找到和得到。"

上帝听了后，摇了摇头。

这时，另一位天使建议道："我觉得藏在大海深处更合适一点，就算人类再努力、再聪明，他们也很难发现。"

上帝听了，又摇了摇头。

停顿了片刻之后，又有一位天使发言："依我看呀，还是把幸福快乐的秘密藏在人类的心中比较好，因为他们总是向外去寻找自己的幸福快乐，很少有人会想到从自己身上挖掘出幸福和快乐的秘密。"

上帝听了，高兴地点了点头。从此，幸福快乐的秘密就藏在了每个人的心中。

幸福和快乐的秘密，就在我们每个人的心中，我们都有一个使自己幸福快乐的资源库，只是有些人没有找到那把钥匙，没能打开自己内心的幸福之门而已。

《卖火柴的小女孩》的故事里，在那位卖火柴的小女孩心中，幻想拥有橱窗里的圣诞树和那些漂亮礼物的那一刻，她是幸福的，即使现实中她饥寒交迫；在幻觉中与奶奶相逢，投入奶奶怀抱的那一刻，她是幸福的，即使当时她已经奄奄一息。

幸福就是一种感觉，当你感到知足的时候，你就是幸福的。所以，我们应该学会知足常乐，自我满足，适应环境。只要保持一种良好的心态，你会发现，幸福就在你身边。

古语说"无欲则刚"，说的就是这个道理。

人的欲望是无穷的，如果一个人不懂得知足，他虽然可能得到的比较多，但他并不会得到幸福。例如，有些人辛辛苦苦奋斗了一生，积累了巨额财富，可到头来却成为一个"孤家寡人"，因为他的精神是空虚的。

快乐，则是一种境界，一种源于生活的境界。只要有了生活，快乐就不会枯竭。

在我们的生活中并不缺少快乐，缺少的是发现快乐的眼睛和感悟快乐的心灵。调整好自己的心态，找到适合自己的生活，融入进去之后，再找到生活中的惬意和乐趣，你就找到快乐了。

幸福是一种感觉，快乐是一种境界。

一个人所处的现状是苦是乐，全凭自己内心的感觉，只要是舒心的，自己想要的，那生活就是幸福的。

就像《伊索寓言》中那个关于乡下老鼠和城市老鼠的故事所揭示的那样：乡下鼠觉得城里鼠过得不快乐，而城里鼠觉得乡下鼠过得不幸福，这全是源于它们所要的幸福向往不同。它们虽然觉得对方都过得不幸福，但它们自己对自己所拥有的很满足，因此也很快乐。所以对它们自身而言，自己是幸福的。

人的一生真的很短暂，有如白驹过隙。快乐是一辈子，痛苦也是一辈子，何不调整一下心态，看看自己已经拥有了什么？

如果有不足和遗憾，跳起来伸手能够到，那更要值得欣慰和喜悦。没够到也没关系，不要懊恼，至少你曾经尝试过努力去做，除了获得这份宝贵的经验以外，你原本拥有的仍然还在。

让自己变得快乐起来，心情愉悦了，生命就进入了快乐的境界，心里也就感到幸福了。

第五章

在残酷的世界里骄傲地走下去

人的一生，不可能一帆风顺，一帆风顺的人生几乎不存在。人生就是不断接受苦难，挑战自我，从而实现人生价值的过程。

在人生的道路上，每一个苦难背后都隐藏着发展的机遇，只要我们不畏挫折，笑对生活，就已经成功了一半。

然后，在残酷的世界里骄傲地走下去。

这些年吃的亏，都是因为不懂世界

人生到底是失意，还是得意，完全取决于个人如何对待它。

上帝有时像一位调皮的老人，那些磨难都是他送给你的大礼，需要你拆开外面的包装才会看到里面的惊喜。

因此，我们首先要感谢送来的这份礼物，感谢那些带给我们磨难的人或事。其实，我们最缺少的东西上帝都以另一种形式给了我们。

南非前总统曼德拉，因为反对种族隔离政策，曾被白人统治者关在大西洋罗本岛长达数年之久。

1991 年，曼德拉出狱。就在他当选总统后的就职典礼上，人们还以为他会对曾经看押过他的看守们展开报复，可是没想到的是，曼德拉竟然请来了几名罗本岛的看守，并且向这些看守致敬。

因为在曼德拉看来，正是这些看守让他学会了战胜自己，并勇敢面对挫折和困难的勇气。

为什么人们总是被烦恼包围，总是充满痛苦，总是怨天尤人？曼德拉解释道：他自己年轻的时候，脾气暴躁，正是在戒备森严的监狱中，他学会了控制情绪。他视牢狱的岁月是上帝赐给他的最好的磨炼机会，磨炼带给他无尽的力量与激励，使他学会了如何正确对待自己遭遇的苦难。

曼德拉走出监狱大门时，他这样说："当我走出囚室、迈过通往自由的监狱大门时，我已经清楚，自己若不能把悲痛与怨恨留在身后，那么我其实仍在狱中。"

是否我们把自己的心灵囚禁在牢狱里，而选择了怨恨，放弃了让自己生活得更好的可能？得失之间，只需一点小小的改变。

我们只是凡人，可能无法做到像圣人那样去爱那些伤害、侮辱过我们的人，可是为了我们自己生活的健康和快乐，选择原谅和遗忘才是明智之举。

把怨恨从心里驱走，才有更大的空间来承载爱和感激。

有句俗谚说："有量才有福。"意思是说，有度量的人才是真正有福之人。

在"二战"期间，在一场激烈的战斗中，两名战士在一片茫茫的森林中，与部队失去了联系。这两名战士是同乡，为了求得活命，他们互相安慰，十多天过去了，他们的食物只剩下了一点鹿肉。

正当他们茫然地逃命着，却在森林中不幸又一次与敌人相遇。逃跑中，走在前面背着鹿肉的那名战士肩膀中了一枪，很显然，这一枪是后面的战友打的。

可怕的敌人，无边的森林，让人不免产生绝望的情绪，受伤的战士当晚还是原谅了自己的战友。"也许他想独吞我身上的鹿肉，因为我们都有母亲，我想他也许是为了他的母亲而活下来。"

30 年后，那位曾经在背后开黑枪的战友的母亲去世了，当年

受伤的战士去祭奠他母亲的时候，那位战友跪了下来，请求战友原谅他。

其实要怨，只有怨恨战争，当年受伤的战士没让他说下去。他们又做了几十年的朋友。

我们可以试想一下：如果受伤的战士始终记恨他的战友，那结果会怎么样，他能得到什么？报复？仇恨？这些对他的生活全无益处，反而会让他失去一个朋友和一颗平静的心灵。

每个人都会犯错，也都可能会伤害到身边的人。别说是生死大事，就算是谁踩了谁一脚，谁说了几句不中听的话，有人可能都会记恨一辈子。

民国时期，一个高僧领着弟子到某军阀家赴宴。可是在吃饭的时候，高僧却发现在素食中有一块猪肉，他急忙用菜肴将猪肉盖住。

高僧的徒弟非常生气，他故意用筷子把肉挑了出来。但高僧立刻把猪肉吃掉了。

宴会后，高僧几人离开了军阀的府邸。

在回寺庙的路上，弟子不解地问："师父，厨师知道我们不吃肉，为什么把猪肉放在蔬菜里，这不是坏我们的规矩吗？我们应该让军阀知道，惩罚他。"

高僧说："每个人都会犯错，无论是'有心'还是'无心'。如果刚才统帅看见了猪肉，盛怒之下严惩厨师，这不是我所愿见的，要知道，因为这一块肉，厨师可能会搭上一条命啊！所以我宁愿把肉吃下去。"

徒弟点着头，深深体悟着这个道理。

我们所收获的，就是我们所栽种的。种下仇恨，收获的就是灾难、痛苦；种下宽容，收获的则是感激、快乐。

与其憎恨敌人，不如原谅他们，并感谢上天没有让我们经历跟他们一样的人生。面对生活给予我们的苦难，不如选择坦然面对，并感谢上天没有给我们更糟糕的生活。

只要我们以感激之心对待一切，苦难也就变得无足轻重了。不要把时间浪费在愤怒、仇恨、责难、攻击和埋怨上，让它更好地来改进我们的生活吧。

曾看过这样一个故事，让人颇有感触：有一个没有双手的女孩儿，以自己的顽强考入了大学。

当别人问起她的求学经历时，她眼含泪水地说："我永远都感激我的小学老师，是他为我打开了知识的大门。"

那是一个冬天，非常冷。女孩子因为身体残疾不能进入学校读书，可她是那么渴望上学，于是就顶着寒风趴在教室外的墙上听老师讲课。

教师提了一个问题，班里的学生都答不上来。已经听得入迷的女孩子忘了自己是在"偷听"，就把答案喊了出来。

老师听到教室外传来的声音，感到很惊讶，就推开门出来看。

女孩子吓坏了，她以为这下子一定会被老师批评。

让她没想到的是，老师把她领进了教室，并对学生们说："以后让她和你们一块儿上课，大家不要将此事告诉学校。"

就这样，她上完了小学，并且取得了全县第一的考试成绩。

可是，没有一个中学愿意录取她，因为她没有双手。

辍学在家的女孩除了做些简单的家务，依然坚持自学了中学的课程。她会用脚切土豆丝、蒸包子、包饺子，还会用脚画画、写毛笔字。她的字端正大方，根本看不出来是用脚完成的。

后来，女孩子被一所大学破格录取。军训时，她叠被子的情景让领导吃惊，说那是最标准的"豆腐块儿"。

领导把她叠被子的录像放给那些入学的新生看，让他们看看有人用脚比他们用手做得更好。

女孩子的双手是因为母亲离家出走，她为了寻找母亲发生意外而失去的。有人问她恨不恨她不负责任的母亲，女孩子马上摇头说："不，我从来都不恨她，我很爱她。我一直觉得对不起她，她是因为精神有问题才会经常离家出走的。"

一次，她的母亲又一次出走后，再也没有回来。后来，母亲的尸体在河里被发现。一想起来，女孩子就泪流满面，说："是我没有照顾好母亲。"

没有双手，没有母亲，没有一处温馨的生活环境，可是女孩子从不怨恨。

她曾写过一篇作文，题目是《我最幸福》。这篇作文里没有一句抱怨自己所没有的，有的只是感激和珍惜已经得到的。

这篇作文在全县的一次征文中得了一等奖。

正如法国印象派大师雷诺阿说的那样："痛苦会过去，美好会留下。"她的经历如此坎坷，承受了太多的苦难，可是她体会到了生活的幸福。

这个世界永远不会只充满一种味道、一种色彩和一种风景，而是五味杂陈、五彩斑斓和光怪陆离的。有了盐的对比，糖才更加甜；有了黑暗的对比，亮白才更加夺目；有了低洼险滩的对比，高山才更加挺拔，草原才更加辽阔。生活也如此，有了痛苦和磨难，生活中的幸福与快乐才显得格外珍贵。

所以，当你懵懵懂懂来到这个世界，一路跌跌撞撞、磕磕绊绊，吃过亏、栽过跟头，畏缩、抱怨、不知如何面对时，那是因为你还不懂得这个世界本来就是这个样子。

如果你真的领悟到该如何跨越前方的阻碍、绕过不可通行的死路、避开丛丛荆棘与杂草，那你才能一路轻盈，畅通无阻，才能领略到大漠孤烟、长河落日的壮美，也才能体会到高山流水、小桥人家的雅致。

吃的亏越多，会让你越来越懂得这个世界。

零度以下的人生，依然能够沸腾

有人说"受苦的人，没有悲观的权利"，但我认为，零度以下的人生更应该沸腾。

机会、天命、运气，都阻拦不了、控制不了一颗坚定不移的心。自信是人们从事任何事业最可靠、最不可缺的资本，它较之

金钱、势力、出身更有力量。

一个拥有自信的人能排除各种障碍，克服重重困难，即使他的人生处在零度以下，坚定的自信心和不懈的精神也同样能让他沸腾。

大文学家韩愈及欧阳修都曾提出过"文穷而后工"的文学理念，意思是说，人在穷困之时，反而能将文章写得非常好。因为人在困顿中所激发的潜力是非常惊人的，在不如意的环境中，人反而能够有一番作为。

病痛对于个人来说，是一桩不幸的事。俄国作家陀思妥耶夫斯基宿疾缠身，但如果没有病痛，他绝对写不出《罪与罚》如此伟大的作品来。

"福兮祸所伏，祸兮福所倚"，所以说，疾病对于陀思妥耶夫斯基可以算作一件有利的事。

曾看过这样一个案例：日本现在拥有几千家麦当劳店，一年的营业总额能突破 40 亿美元。而创造这一成就的，是一位叫藤田田的日本老人，他现在是日本麦当劳名誉社长。

1965 年，藤田田毕业于日本早稻田大学经济系。毕业后，一开始他在一家大电器公司打工。

到了 1971 年，他想经营麦当劳生意。可是麦当劳对特许经营资格有严格的规定：其一，经营者必须有 75 万美元现款；其二，还要有一家中等规模以上的银行的信用支持。

当时，藤田田在银行里只有五万美元存款，他虽然东挪西借，可是只借到了四万美元。

面对巨大的资金缺口，藤田田偏偏有着对困难说"不"的勇气。在一个早晨，他勇敢地走进了住友银行总裁的办公室。

藤田田以极其诚恳的态度，诉说了自己创业的计划，以及想得到住友银行帮助的意愿。可是银行总裁却说："你的计划实在太冒险了，我没法答应你。"

藤田田早就知道，住友银行总裁会拒绝自己的冒险计划，于是他恳切地对总裁说："先生，请让我告诉您我那五万美元存款的来历吧。"

藤田田为了创业，他把每月工资的三分之一固定地存入银行，不管遇到什么情况，绝对雷打不动。

藤田田的讲述打动了住友银行总裁。该总裁经过调查，确定藤田田没有撒谎，就破例答应了藤田田，支持他创建麦当劳的事业。

藤田田果然成功了，住友银行总裁并没有看错人。藤田田取得的巨大成就，至今在日本都被传为佳话。

当一个人所处的环境越不顺利，那就越需要勇气和耐力，有很多人就是不能对待一时的失利而与成功无缘。想要收获人生的幸福与成功，哪怕外界寒风刺骨，也要有一颗自我御寒的火热之心。

在美国，有一位年轻人，在他非常穷困潦倒的时候，他仍然坚持自己的梦想，那就是当演员，拍电影。

当时，好莱坞共有 500 家电影公司。

为了步入电影界，他认真规划好路线，用一份名单将这些电影公司按顺序排好，然后再带着自己写好的、量身定做的剧本前去逐一拜访。

但遗憾的是：第一遍下来，500 家电影公司都一致地拒绝了他。

面对这一打击，这位年轻人并没有灰心。他又从第一家电影公司开始，继续他的第二轮拜访与自我推荐。

在第二轮拜访完后，结果和第一次一样，他又遭到了百分之百的拒绝。接着第三轮的拜访，结果还是没有改变。

就这样，他又开始了第四轮拜访。

当他拜访到第 350 家电影公司时，那家公司的老板破天荒地愿意让他留下他写的剧本，说先看一看。几天后，年轻人受邀前去详谈。最后，那家公司决定投资开拍这部电影，并邀请这位年轻人亲自担任男主角。

这部电影名叫《洛奇》，这位年轻人就是后来红遍全球的席维斯·史泰龙。他在成功之前，被拒绝了 1849 次！

世界以痛吻我，我报之以歌。正因为有这样无惧创伤的心态，才能"会当凌绝顶，一览众山小"。

现实经常如冷水浇头，很多人的梦想会被浇灭，从此被生活冲散在各个角落。别人不会为浇灭你的梦想负任何责任，梦想熄灭了，人生道路不同了，他们也就离开了，多年后的遗憾、惋惜、自责只有你自己知道。

只有自己心中有团火把，有处光亮，才依然能够沸腾，生活就会热气腾腾。

做自己喜欢的事，无所谓多少次的失败

人生是个喧嚣的舞台，舞台上的小角色如走马灯般轮换，可是真正的主角从来都会唱到最后。他们从不抱怨练功时的艰辛，以及曾经受到的委屈，因为，他们知道，所有的付出都换来了今日的辉煌，为了这一刻，一切都是值得的。

在这个世界上，有很多人没有经历过苦难的磨炼，深藏着的潜力没有被释放出来。于是，他们永远得不到淋漓尽致的发挥，思想永远不成熟，停留在原来的地方，没有任何进展。

所以，挫折和历练并不是我们的仇人，而是我们的恩人！

如果你没有得到机遇的垂青，那就赶紧去山后练鞭，机遇总是留给有准备的人，而这个准备的人一定是经历过多次失意与冷落，仍然勤奋不懈的人。

你将会格外感谢那段孤寂沉静的练功时光，正是因为你没有陷入哀叹幽怨蹉跎了这段岁月，所以才在机遇降临的那一刻，你能轻易接住，并且无人能够替代。

1996 年，美国有一位名叫黛·菲尔茨的少妇，当时才 20 岁，刚刚大学毕业，新婚不久。

菲尔茨是一个非常要强的女人，她不喜欢替别人打工，一直

想创业。于是她四处筹资，开了一家小型巧克力饼干店，自己加工，自己销售。

正当她激情满满地创业时，没想到开业第一天，竟然没有一个顾客来光顾。于是，她丈夫便禁不住抱怨开来。

紧接着，第二天、第三天，依旧如此，连一块饼干也没卖出去。转眼一个月过去了，她的店依然冷冷清清，连交房租都难以为继了。她丈夫在一旁冷言冷语，要她关门去外面找别的工作试试。

菲尔茨也禁不住心慌起来：难道真的就这样了？她不断地问自己，但要强的她就是不甘心，她坚信自己的店会火起来的。

在被逼无奈之下，她于是做了一个举动：她带上自己制作的巧克力饼干，去街上拦住那些来来往往的路人，请他们尝尝饼干的味道如何。

果真，许多人尝过后惊奇地发现：这种饼干相当好吃。就这样一传十，十传百，来光顾她店的客人越来越多，小店生意从此红火了起来。后来这种饼干成为名牌食品，它就是菲尔茨太太饼干。

有了一笔丰厚的积蓄后，菲尔茨又向连锁经营方向发展，一路从国内做到国外。现在菲尔茨的公司，已经在 11 个国家和地区拥有 900 多家分店。

回想当年创业的艰难，菲尔茨还不免有些"后怕"，因为她当时几乎就要放弃了。正是艰难时刻的坚持，让她迎来了辉煌的人生。

世上的事情，都有好的一面，也有坏的一面。世间事千变万化，无奇不有，有的人乐观以对，有的人悲观视之。虽然，天底下总有一些让人不如意的事，不过，聪明的人永远有新的方式来应对人生。

人生起起落落，悲喜交加，不管悲伤也好，高兴也罢，我们还是可以用心来表达对生命的敬意，让人生在喜剧的气氛中得到谢幕的掌声。

有位哲学家说过："许多人的生命之所以伟大，都来自他们所承受的苦难。"苦难是个好东西，我们要善于驾驭它，更要使其让我们达到胜利的巅峰。

正是由于挫折的出现，使得我们体内征服挫折的力量得以发展。这就如同森林里的橡树一样，历经千万次暴风的摧残，不但没有被折断，反而越加挺拔。

如同橡树一般，人们所承受的种种痛苦、折磨和悲伤，也在开启着人们的才能，在锻炼着人们。

在克里米亚战争的一次战斗中，有一枚炮弹击中了一个城堡，从而毁灭了一座美丽的花园。可在那个炮弹炸出的深穴里，竟源源不断地流出泉水来，后来那里竟然成了一个永不枯竭的著名喷泉。

同样，不幸与苦难，也会将我们的心灵爆破，而在那裂开的缝隙里，也会时刻流出深藏的新鲜的泉水来。

上帝关闭了一扇门，但永远都会有一扇窗为你开启着。

许多人不到山穷水尽的地步，就不会发现自己究竟有怎样的力量，有时灾祸的折磨反而使人发现真实的自己。困难与障碍，好似凿子和锤子，能把生命雕琢得更加美丽动人。

一位著名的科学家曾经说过，每当他遇到眼看不能克服的困难时，总是能发现奇迹。失败往往可以激发人的潜力，就像沉睡的雄师被唤醒，爆发出强大的生命力，从而开启成功的大门。

有勇气的人，会把逆境变为顺境，如同河蚌能将沙泥化成珍珠一样。

一旦雏鹰能飞，老鹰便会立即将它们逐出巢外，让它们在空中做飞翔的锻炼。而雏鹰因为有了这种磨砺，才会凶猛敏捷，将来才配做天空的主宰。

苦难更能创造天才。凡是在幼年常遇阻碍挫折的孩子，往往会更有可能成功；而从没有遇过挫折的人，反而很难有出息。

贫穷与困难最能激励人的力量，它能坚定人们的信念，激发人们的潜力。钻石愈坚硬，它的光彩愈炫目，而要将其光彩显示出来，其所受的琢磨也需愈有力。只有琢磨，才能显露出钻石的耀眼光芒来。

水遇礁成浪，遇崖则变瀑。

在马德里的监狱里，塞万提斯完成了不朽名著《堂吉诃德》。《圣游记》《鲁宾孙漂流记》，还有罗利爵士著名的《世界历史》，也都产生在监狱里。

有史以来，犹太人就一直在受异族的压迫，可是世界上最可贵的诗歌、最明智的箴言、最悦耳的音乐，大部分却是由犹太人贡献的。对于他们来说，正是外界不断的压迫给了他们优秀和繁荣的力量。

如今，犹太人依然很富有，不少国家的经济命脉几乎都控制在他们手中。对于他们来说，困苦是快乐的种子。

席勒被病魔缠身 15 年，却在此期间写就了他最好的著作；音乐家贝多芬在他两耳失聪、穷困潦倒之时，创作了他最伟大的乐章；弥尔顿也是在他双目失明、贫困交加之时，写下了他最著名的著作。

所以，为了得到更大的成就与幸福，班扬甚至说："如果可能的话，我宁愿祈祷更多的苦难降临到我的身上。"

厄运降临到了他们的头上，而幸运的是，他们总会找到自己热爱的事情。也正是因为这份热爱，失败显得微不足道，每一次从失败中站起都是一次更深刻的致敬，终于，因为对一件事的热爱，支撑着他们走出了困境。

在别人看来他们是如此伟大，而其实他们只是一直坚持做着自己喜欢的事，不管多少次的失败。

这世上没有所谓的横空出世

月有阴晴圆缺，人有悲欢离合，人生不可能完美。

风霜雪雨，人情冷暖。人生在世，聚散离合。不管生活中有多少不顺意的事发生，只要我们能坦然地面对，就会化险为夷，风平浪静。

一滴水，无法左右河流的方向；一粒沙，更改变不了沙漠的温度。

任何事物都有它的两面性，好事可以变成坏事，坏事也可以变成好事。我们在面对厄运的时候，可以献上我们的真诚，献上我们的热情，只要我们努力拼搏了，就没有遗憾了。

经过我们的努力，必然会得到一份付出后的快乐和坦然。

坦然，是一种平淡中的自信，是一种失意后的乐观，是一种沮丧时的调适，是一种逆境中的从容。

坦然，让人活得自然而惬意；坦然，可以让人摆脱名利的捆绑，不为仕途而忧虑，不为得失而忐忑；坦然，让人变得睿智洒脱、胸怀博大。

21岁的迈克进入军中服役，在一次战斗中，他眼睛因受重伤而失明。虽然他遭受了巨大的打击，但他依旧表现得非常开朗。他经常与其他病人开玩笑，一副乐观的样子，并把自己分配到的糖果赠给其他人。

医师们尽最大努力想恢复迈克的视力。可是，经过一番努力后，似乎并没有什么明显的效果。医生决定把实情告诉迈克。

一天，主治大夫走进迈克的房间，难过地对他说："迈克，你知道我一向喜欢跟病人实话实说，从不欺骗他们。迈克，我现在要告诉你的是，你的视力恢复不了了。我很抱歉！"

时间似乎停止下来了，房间里出现可怕的安静。

"大夫，我，我知道……"迈克终于打破了沉寂，"非常感谢你为我费了那么多心力，其实，我一直都知道会是这个结果。"

谁也没有说话，大家都不知道该怎么安慰这个还这么年轻的小伙子，只是在一边默默地看着他。

几分钟后，迈克终于恢复了平静，他对病房里的所有人说："我觉得我没有任何理由可以绝望。不错，我的眼睛是看不见了，但我还可以听得清楚，还可以开口讲话呢！我的身体强壮，不但可以行走，双手也十分灵敏。

"何况，据我所知，政府可以协助我学得一技之长，那足以让我维持生计。我现在所需要的，就是适应一种新生活罢了。"

多么豁达的迈克啊！

一个内心无比明亮的年轻盲眼士兵，他没有去抱怨自己的不幸，咒骂上帝的不公，而是用心计算自己所拥有的幸福，并想着怎样去走好明天的路。

不抱怨，不逃避，迎难而上，这才是强者面对困难时最好的解决办法。

人生不是一帆风顺的幸福之旅，而是不停地摇摆在幸与不幸、成功与失败之间。

正确的放弃未尝不是一件好事。朝自己的目标勇往直前固然好，但要明确自己真正需要的，不要盲目地追求，对不可能实现的事情，要学会果断地放弃。

放弃需要勇气，需要挑战自己，它并不意味着失败，而是一个全新开始的象征。

　　陶渊明放弃了高官厚禄，过着隐居的田园生活，活得自由自在，否则他怎会写出那流芳千古的诗篇？当代大学生徐本禹放弃了锦绣前程，为教育事业毅然走进了贫穷落后的小山沟。

　　放弃同样是一种境界，一种胸怀。

　　放弃也是另一种美丽。生长在戈壁的依米花经过五年时光，才绽放一次，两天后便香消玉殒，留给人间最美好的瞬间。

　　人生何尝不是如此，只要美丽一次，足矣。

　　生命的精彩不是用时间长短衡量的，与其想尽办法要主宰生命的长度，不如去延展它的深度。

　　生活如同一篇文章，取其精华，去其糟粕，才会更有品位，更耐人寻味。

　　这世上，没有凭空而来的奇迹，也没有横空出世的英雄，人们更愿意称之为"造化"或"命运"。但其实很多的奇迹是因为精益求精、永不放弃，大多数英雄是因为生逢其时、没有虚度。

　　在疲惫不堪的现实中，我们内心深处都有着自己熠熠生辉的英雄梦，可是，在每个危急时刻、孤独时分，没有金戈铁马、气吞山河的救援，也没有身披战甲、脚踩祥云的英雄。

　　你不努力，英雄只是一个图腾，不会横空出世来解救你。而只有你不断地磨砺与修炼，才会变成独当一面的英雄。

那条路，只能一个人去走

在人生的旅途中，会遇到很多岔路口。如何找到一条正确的路，并义无反顾地走下去，是摆在你我面前的一种考验。

许多人选错了路，往往会沉浸在痛苦中迷失自我，自怨自艾，信心瓦解。

这样的人，做事缺乏动力，生活单调乏味。

相反，有些人则不断发挥自己的优点，一点点把它呈现出来，就像宝石制作者一般，经过对宝石不断地切割打磨后，让它显现出璀璨耀眼的光彩。

热闹的人生旅途总会有平静下来的时候，这时就会出现一些意想不到的低潮，比如生存的苦难、感情的受挫、创业的波折、健康的受损、意外事故的降临，等等。

这么多的挫折，我们要如何应对呢？是像鸵鸟一样选择逃避，还是像海燕一样选择勇敢面对？

这时候，恰恰是人生最关键的时刻，因为每个人都会碰到挫折，但大多数人迈不过这个门槛。只要迈过去了，那他在这个不完美的世界里，就有了一席之地。

在这样的时刻，我们需要满怀信心地战胜挫折，始终要相信，生活不会放弃我们，机会总会到来。

在逆境中，不灭的信念和勇气是让人们经受住种种苦难考验的强大支撑力。生活中如此，对事业的追求也是如此。

成功者与失败者的最大区别是：如何对待挫折。坚持自己的信念，面对逆境不畏困难，矢志不渝地坚持自己理想的精神是我们应该学习的。

在人生的道路上，每一次苦难背后都隐藏着发展的机遇，只要我们能迎风而立，笑对生活，就已经成功了一半。

美国康乃尔大学曾做过一个青蛙实验：

实验研究人员把一只青蛙冷不防地丢进煮沸的开水里。这只青蛙反应灵敏，在生死关头之际，用尽全身的力气，跃出那个会使它葬身的铁锅，安然逃生。

隔了半小时，实验人员把铁锅中的开水倒掉，这一回在锅里面放满五分之四的冷水，然后，再把刚刚那只死里逃生的青蛙放到锅里。

这只青蛙开始在水里自在地游着，接着，实验人员开始在锅底慢慢加热。而这只青蛙仍然在水中畅游着，并享受着这适宜的温度。

慢慢地，等它意识到锅中的水温已经让它受不了的时候，它已经完全丧失了体力，再也跳不出这口锅了，只能坐以待毙，终致葬身锅底。

这个青蛙实验告诉我们一个残酷的事实：当一个人对周遭环境没有任何警觉时，很容易被一个小小的危机打倒。

我们若换另一个角度来看，当生活中面临着许多的重担和挫折时，一个人反而能激起自己的潜能，找到一条活路。

著名主持人叶树姗，曾对媒体有感而发地说："人生若是顺顺利利，就乏善可陈、味如嚼蜡，只有经历挫折，生命才会成长，并更加精彩。"

叶树姗也经历过诸多磨难，但她一直用感恩的心来抚平伤口。她说，在她35岁以前，她拿过三个金钟奖，一入围就得奖，事业一帆风顺。

但让她真正成长的，却是她35岁那年，因老公的官司而被拖累，她才亲身感受到世事无常的滋味。以前碰到不顺的事，都会认为是倒霉，如今才深刻体会到：有起有伏的人生才精彩，这才是人生的必然。

选择了安逸就如同选择了温水的环境，看似舒适稳定，慢慢地，人就没有了抗争的能力。等到水温升高，形势严峻，人就会变得不堪一击，任由命运宰割。

当我们面对人生的坎坷、困窘时，其实没必要太过感伤，也许有一天，你会认为这是值得感谢的一件事。因为人的潜能往往要在挫折中才能被激发，过于顺利的人生，反而会让人失去应有的斗志，又往往是造成堕落的根源。

通往成功的路虽然狭窄，但并不拥挤，因为这条路注定只能你一个人走过去。

我终于学会了不慌不忙地坚强

生命的高度取决于思想的高度，思想有多高，路就能走多远。而积极的人生态度又是奠定思想高度的基础，没有向上的态度，人生就是风中落叶，水中浮萍。

《态度决定高度》一书中提到微软前任总裁兼首席执行官史蒂夫·鲍尔默时说，在过去的25年里，史蒂夫·鲍尔默积极地给比尔·盖茨打工，最后成为身价百亿美元的打工者。

史蒂夫·鲍尔默在清华大学发表演讲时曾说："大家从今天能够做的事情入手，也许你们就可以在明年、后年或大后年让梦想变成现实。"

史蒂夫·鲍尔默用他成功的经历和积极的人生态度告诉我们，一个人如果把注意力放在积极的方面，对他事业的发展就会产生加速度的效应，从而形成一种高度———种事业的高度、人生的高度。

一个人想要成功，就应该拥有积极的态度。而想要拥有积极的人生态度，首先得学会自我调整，改变自己，进行全方位思考。

很多人常常不愿意反省自己身上的缺点，而是习惯性地抱怨其他客观存在的事实，这是值得注意并要改正的一个问题。

其实，与其抱怨不如用行动去改变自己，并学会不慌不忙地坚强。

一个想要获得成功的人，首先要不断地改变自己并学会坚强，才能从繁琐的事务中理清思路，正确拿捏自己想要的成功的方法。

其次要脚踏实地，进行准确的自我定位。

中央电视台曾经播放过一个公益广告，其中有句台词是："心有多大，你的舞台就有多大！"所以说，要想谋事，就必须给自己一个定位，给自己制定一个清晰的目标，自己究竟想要什么、要怎么去做，心里必须明白。

只要我们定位好自己的目标，脚踏实地地坚持下去，就会离目标越来越近。

一个人如果有想做成一件事的强烈愿望，并脚踏实地地为之付出，那么，他所爆发出来的能量往往是无法估量的，离成功也将越来越近。

冰冻三尺非一日之寒，因此，我们需要明白，心志的成长绝非一日之功，成功需要我们经历点点滴滴的体验，不断地积累，不断地挑战。

当我们看到一些人成功的时候，是因为他们已经经历并战胜了很多常人无法面对的困难，最后坚实地站在了高处。

坚定的、积极的人生态度能征服生命中最大的障碍。所以，无论你置身于何种处境，尤其是艰难的环境，都要勇敢地对自己说："你的潜力是无限的，你一定能成功。"

"眼睛所能看到的地方，就是你会到达的地方。"是的，一

个人能走多远，取决于他能想多远。而一个人的成功，则取决于他积极的人生态度。

有一位老太太已经 70 多岁了，她在回顾自己的人生时，说自己最大的遗憾，就是没有登上日本的富士山，观赏烂漫的樱花。

这种人生之憾折磨着她，很快，她对自己说："反正也是快入土的人了，倒不如去尝试一下，说不准还能如愿呢！"

于是，老人便开始学习登山技术。她周围的人对此无不加以劝阻，认为这无非是一个不能实现的梦想罢了，也没有必要再去坚持。

老太太却不以为然，她不顾任何人的劝阻，毅然进行着艰苦的登山训练。

随着训练的进行，老太太登富士山的愿望愈加坚定，这个愿望甚至逐渐成为她心中最为神圣的梦想。她不辞辛苦地进行着训练，对富士山发起一次次的冲锋，但很多次都以失败而告终。

老人依然毫不退缩，因为任何困难都已吓不住她了。终于，在 95 岁高龄之时，老人登上了富士山，打破了登山者年龄最年长的世界纪录。

那一刻她对着富士山说："我来了！"这位老人叫胡达·克鲁斯。

大多数人都自以为能力有限，做不成什么大事。然而，我们所谓的"以为"根本不是客观的情况，而只是对一种不正确的、自我局限的成见信以为真罢了。而自我限制的成见，是我们获取杰出成就的最大障碍。

让你的理想高于你的才干，你的今天才有可能超过昨天，你的明天才会超过今天。

1994 年 4 月的一天，在一场橄榄球比赛中，年仅 18 岁的佩里在做一个高难度的防守动作时，不幸摔倒在地，脖子被折断。

佩里的幸存是现代医学的奇迹之一。伤后三个月他不能进食，六个月之后才能够开始讲话。

在家人一如既往的支持下，他跟医生进行了持久的谈判，医生最终允许他出院，回到在黄金海岸的家中去休养。

他创下了一项时间纪录——很多四肢瘫痪的病人永远都没有离开医院，即使出院，也是在 18 个月这个"里程碑"之后。而他从脖子被折断到出院，历时仅八个月！

20 岁时，佩里报名参加了一个演讲训练班，他想让演讲代替体育成为自己新的职业。

起初，老师对佩里持怀疑态度。但随着谈话的继续，老师的疑虑很快就被打消了。

是的，老师刚开始认为，课堂上的其他学员可能会觉得佩里的举动很难让他们接受，甚至第一次见面还会吓着他们。但事实相反。

第一天开课，佩里坐在他那架电动轮椅里"走"进了讨论室。他讲起话来如行云流水一样自然顺畅，大家都被他身上没有丝毫的自怜痕迹和表现出的巨大能量所震撼。

接着，佩里相信自己能完全地投入课程学习，并在六周的学

期内完成每周一次的作业。

六个星期的课程很快就结束了，每个人都对这位不可思议的年轻人产生了仰慕、尊重和关心之情。

佩里的新职业开始后的仅仅六个月，便与战无不胜的鼓动家劳丽·劳伦斯、体育冠军盖伊·安德鲁斯和里恩·科贝特同台进行演讲。

如何跨越人生中的障碍？

每当佩里这番鼓舞人心的演讲结束时，听众都报以持久的热烈掌声。

佩里创造了奇迹，成为澳大利亚第一位四肢瘫痪的职业演说家。

"百分之九十的失败者其实不是被打败，而是自己放弃了成功的希望。"在工作和生活中，我们常常被许多问题困扰，但解决这些问题的钥匙，其实就握在我们自己手里。

这把钥匙，就是我们的心态。

欢喜与烦恼，成功与失败，仅在一念之间。如果你想改变你的一生，也只是转念之间。

人生路，莫慌张，不知不觉间，幼苗能茁壮参天，孩子也会长大成人。每一个感觉过不去的劫、迈不过的坎儿，别着急，它也许依旧在那里，但你已不慌不忙地愈加坚强，曾经的沟坎儿或是伤疤已不能再伤害你。

因为，时间是解决一切难题最好的导师。

每一个优秀的人，都懂得珍惜当下

珍惜当下，对每个人来说都是一种追求幸福生活的方式，在付出与奋斗的过程中也就是"活在当下"了。只是很多人潜意识中并没有深刻的体会到，一切都还没来得及慢慢品味。

其实，对自己的生活要珍惜，对自己的生命要仰视和敬畏。就像登山人对珠穆朗玛峰的敬畏一样，不要用征服的字眼，要用感恩的心情来攀登。

人都是在一定的社会条件下生活的，每个人的成长不仅取决于个人的主观努力，还取决于本身的生活环境。

历史上有的时代人才辈出，群星灿烂，而有的时代则万马齐喑，百业凋敝。其中一个很重要的原因，就是社会环境的不同。社会环境是人类历史发展必不可少的客观条件，是社会变革与发展的土壤。

虽然，每个人的成长都离不开一定的时代背景，但是，任何人也不能主观地去选择时代，只能在一定的条件下，去了解时代为你提供的条件，进而加以改造和利用。

正如恩格斯所指出的那样："我们只能在我们时代的条件下进行认识。"也就是说，每一个人不仅有一个认识环境的任务，

还有一个改造环境的任务。要减少压力，离不开这两项任务。

有一位善于解决人生困境的老师，身边汇聚了不少慕名而来的弟子。这些弟子有什么疑问都来问老师，老师总是说："要活在当下呀！"

但是，"活在当下"这么简单的答案，是很难满足弟子们的要求的，他们总是恳求老师再详细解答一下。

这时，老师就会说："好吧！既然这样，我等下查一查古代的圣人是怎么说的，明天再跟你们说吧。"

原来，在老师的书房里，珍藏着一本大书，那本书据说记载了古代圣贤沉淀下来的诸多智慧。由于这本书非常珍贵，他严禁任何弟子靠近。

第二天，当翻过这本圣贤书后，老师总会给弟子一个充满智慧的答案。可是，如果有了新的问题，老师又说："要活在当下呀！"

当弟子感到不满意的时候，老师就再一次翻阅大书，然后再说出一个十分睿智的答案。

久而久之，弟子们便开始对老师产生了质疑："老师只懂得一句'活在当下'，这是任何人都知道的事呀！老师的智慧和我们没有什么差别，差别只是他有一册圣贤的书，如果拥有那本书，我们自己就可以当老师了。"

议论久了，弟子都生出了这样的想法："等老师死了，我只要抢到那本圣贤书，就可以做老师的继承人了，就可以拥有许多古代圣贤的智慧了。"

老师渐渐老了，终于要告别人世了，他对弟子们只说了一句遗言："要活在当下呀！"就咽下了最后一口气。

老师死后，弟子们不但没有哀伤，反而是争先恐后地冲进书房，抢夺那本圣贤之书。但抢来抢去，却发现那本大书是空白的，一个字也没有。

只有书的封面有老师的真迹，写了四个大字：活在当下！

当众弟子们领悟的时候，老师却已不在，这不能不说是一种遗憾。

记得在某一期《艺术人生》节目中，主持人采访了众多年轻人的偶像刘德华，他感叹道："2004 年最大的收获是懂得了活在当下。"

刘德华或许亲身经历了什么，或许亲眼见到了什么，才会发出如此感慨，他绝不是闭门造车想象出来的。

当你难以释怀、当你春风得意、当你愤愤不平、当你深陷痛苦中的时候，不管怎么样，时间不会停止脚步，就在刚刚过去的分分秒秒中，又有众多生命因为灾祸或疾病离开了这个世界，与他们相比你是幸运的。

我们可以无所事事地度过这一分一秒，也可以淡然去面对时间的流逝、世事的难料，更可以积极把握身边的每一次喜悦与收获。

当你主宰了每一个当下，就可以笑看春暖花开。而珍惜每一个当下，注定是优秀之人与平庸之辈的不同之处。

第六章

改变心态，让内心的力量强大起来

改变心态，就要做到不浮躁，不焦虑。从心出发的静修之旅，安享最纯净而安宁的快乐。

你所需要的仅是一点点耐心与坚持，只要亲自去实践，你就能让平凡的生命绽放出美丽的花朵，领略到常人难以体会的人生妙处。

可以说，焦虑和浮躁是漂浮在许多人心中的雾霾，只有改变心态，才能让内心强大起来。

焦虑情绪，彻底改变要趁早

在物欲横流的社会里，人变得越来越焦虑浮躁，这种现象就像病毒一样，在社会各个角落里肆意传播。

许多人很聪明，却始终不能做到遇事泰然处之，总是处于焦虑之中，甚至变成了心中的雾霾。

在我们的心灵深处，似乎总有一股力量让我们心神不安，难以宁静，这股力量叫焦虑。在现代社会，焦虑不断渗透到我们的日常生活和工作中，可以说，我们的一生是同焦虑斗争的一生。

随着社会的不断发展，物质生活的不断提高，人们的欲望也不断开始膨胀。而由于人们对成功、幸福等追求的迫切心理，让越来越多的人变得焦虑起来。

焦虑不仅对我们取得成功、获得幸福没有帮助，甚至还会成为我们获得成功和幸福的绊脚石。

在生活中，不乏这样的例子。

几年前，原本在一家软件公司工作的郭涛，通过四处借贷凑了20多万元，创办了一家属于自己的小型软件公司。经过他的一番苦心经营，两年后，他的公司已经小有起色。

初次尝到了甜头后，郭涛对公司的未来充满信心。

　　有一次，在一家公司 ERP 系统的招标会上，郭涛原本以为经过自己的精心准备，而且对客户深入挖掘了那么久，肯定能大获全胜。

　　但是，没想到半路上杀出个程咬金，一家更强劲的竞争对手将项目横刀夺去，这下让郭涛的自信心深受打击。

　　经过这件事后，郭涛产生了一种强烈的焦虑感，原本做事有条不紊、镇静自如，而今却被一种挥之不去的焦虑所困扰。

　　在这种焦虑情绪的逼迫之下，郭涛开始对公司员工施加压力，要求员工不断加班加点，恨不得所有人都像机器一样运转；接着公司无休无止地开会讨论各种发展机会，不断对公司的发展方案进行改动，企图在短期内起到立竿见影的成效。

　　但是，让郭涛感到失望的是：一切的努力，并没有换来他想要的结果。

　　在他近乎变态的严格要求下，整个公司的创新精神受到重挫，员工们整日诚惶诚恐，筋疲力尽，不少骨干员工纷纷跳槽，公司实力大幅受损。

　　郭涛的焦虑情绪，为整个公司的氛围蒙上一种人为的紧张，让刚有点起色的公司一下子陷入了深度危机，摇摇欲坠。

　　郭涛迫切成功的欲望，引发了他的焦虑，而他的焦虑成了公司业绩直线下降的导火索。对待员工，他缺少良好的情绪，甚至表现得非常苛刻，最终导致了公司濒临瓦解。

　　他不得不面对焦虑带来的危机，品尝焦虑酿成的苦果。

　　焦虑对我们的生活影响越来越严重，而其表现也越来越强烈，最终导致出现焦躁不安、盲动盲从等情况。

焦虑产生的浮躁心理，很容易导致人心神不定，处处分心，结果坏了很多事。可以说，焦虑往往是失败的根源。

荀子说："锲而不舍，金石可镂。锲而舍之，朽木不折。"人要取得成功，就一定要戒骄戒躁，将全部的精力与心力放在一个目标上。

在日常生活中，我们常常看到一些有想法的人，想做事，却又心存浮躁、做事不专，结果导致事业难成。

张强在深圳一家公司里做供应商管理工作，手中握有一大批的供应商资源。

为了能利用好这些资源，他策划了一个方案，想编写一本关于公司质量体系运作的书，然后把它做成一个广告平台，让公司的供应商把产品照片刊登在书上，作为广告推广，然后就可以收取一定的广告赞助费。

想法是好的，但问题是张强静不下心来编写这本厚厚的著作，而是一味地找供应商，谈赞助合作的事。

由于供应商看不到样书，就看不到效果，纷纷婉言谢绝，结果这事拖了两三年，还是毫无成果。

此后，张强又辞职而去，在外面开了一家小型航模公司，专门生产一些航模玩具。结果经营了一年多，由于公司产品定价过高，又没品牌吸引力，导致经营不善，不但没赚到钱，还亏了几十万元。

万分恼火的张强匆匆地把刚创办的公司关掉了。之后，他又

创办了一家培训公司。他当时认为培训行业投资少，利润高。

结果，由于深圳同行业里的对手太多，竞争太激烈，他经营了一年多没见起色，于是又从培训行业跳了出来，再寻出路。

现在年近四旬的张强依然一事无成，整天在焦虑的煎熬下，头发过早地斑白了。

焦虑是造成我们急于求成根源的心理，一旦焦虑情绪严重，就会成为笼罩在我们头顶的那片乌云，挥之不去。只有驱散焦虑，我们才能真正脚踏实地地去生活，去工作，才能真正不断接近我们想要的幸福。

解决焦虑的方法有很多种。可以找人倾诉，将心中的焦虑说出来，倾诉的过程就是宣泄焦虑情绪的方法。

也可以写日记。在写的过程中，整理自己的思绪，找出问题所在，然后找答案解决问题，焦虑也就解决掉了。

还可以做运动。当你运动到浑身大汗淋漓时，心情就会变得愉悦起来，焦虑自然就不复存在。

打翻了的牛奶，不值得为它哭泣

焦虑症是一种无缘无故的紧张和恐惧，似乎某些威胁即将来临，但自己又说不出是何种威胁和危险，于是整天心烦意乱。

这种症状持续的时间越长，就会让你逐渐对外界事物失去兴趣，然后变得越来越自闭，甚至还会演变成抑郁症或精神强迫症。

诺贝尔医学奖得主柯锐尔博士曾说："不知道怎么抗拒焦虑的商人，都会短命而死。"其实不止是商人，社会中每一个得了焦虑症的人都是如此。

著名作家刘墉写过一本书，名为《我不是教你诈》，书中说："我不是教你诈，就教你看清世事，免得你被卖了，还在帮人数钞票。"

当我们拿着"不是朋友就是敌人""不是坏人就是好人"的尺子去看待周围的人和事的时候，心里就会充满焦虑。

因为，世间的利益关系，让我们有时很难分清哪个是朋友，哪个是敌人，哪个会帮你，哪个会坑你。由此，这些情况时常会让自己陷入一片孤立境地之中，在矛盾、猜疑、戒备中小心翼翼地生活着。

在人与人的交往过程中，我们往往都戴着一副面具，既害怕被别人看透了自己，又想透过面具去看清别人。

我们总是处在戒备、焦虑之中，常常会被一些工作或者人际关系压得喘不过气来，惶惶不可终日，轻则精神状态欠佳，重则内心抑郁，甚至精神失常。

有一次上心理课，老师在讲台上放了一只精美的玻璃杯，然后再倒入一杯牛奶。

同学们在下面静静地观察着，望着那个杯子和里面的牛奶，

在思考着它们和这堂心理课之间的关系。

过了一会儿，老师突然站了起来，把玻璃杯直接摔在了地上，并且大声说："不要为打翻了的牛奶而哭泣！"

然后，他让同学们站起来，看着地上的碎玻璃和牛奶，接着大声说："好好看看，这杯牛奶已经打翻了，没有什么实用价值了。现在无论你们怎么焦虑，怎么惋惜，也没有办法从地上捞回一滴。我希望大家一辈子能记住这一课！"

焦虑像一张无边无际的网，一不小心，人们就容易被焦虑所网住，然后越缚越紧，成了它的俘虏。

其实，一个人没有必要为过去的事在后来反复悔恨，也不要为未来不确定的事焦虑不已。因为过去的事情都已过去，该要发生的依然会发生，与其焦虑不已，不如坦然以对。

为了避免陷入焦虑，我们应该不停地调节自己的情绪，尽量让心情处于一种正面积极的状态中，做任何事情都努力把它做好。

人生中有很多事是覆水难收的，也有很多事是塞翁失马焉知非福。

朋友走着走着就被生活冲散了，梦想追着追着就被现实破灭了，这些都不要灰心焦虑，老天没有给你想要的，那就自己去争取。

抖擞精神继续沿着内心的光亮勇往直前，终有一天你会得到更好的。

走好每一步，终会与梦想相遇

一个人陷入焦虑的泥沼之中后，其身心将会发生变化：心情烦躁，爱抱怨，易发泄积压在内心深处的情绪。

生活中，我们常常听见周围的人在不停地抱怨，有的抱怨工作太累，有的抱怨薪资太低，有的抱怨生活压力大，有的抱怨家庭关系不和谐……似乎家家都有一本难念的经。

抱怨，如同人的影子，无孔不入，如影相随，成为我们生活中严重的干扰因素。美国著名演说家卡耐基说："在地狱中，魔鬼为了破坏爱情而发明的总能成功的恶毒办法中，抱怨是最厉害的了。它永远不会失败，就像眼镜蛇咬人一样，总是具有破坏性，总是置人于死命。"

管理学中有一个重要的心理定律——吸引力法则：当你说出负面和不快乐的事情时，你就会接收到负面和不高兴的事情。

因为情绪是很容易相互感染的，当你情绪很糟糕，对别人宣泄你的不良情绪时，也会将对方感染得很不愉快，最后导致大家都不愉快。

生活中，总有一些习惯于抱怨的人，在公司里不断抱怨上司和同事，回到家里，又开始抱怨家人和朋友。

抱怨如同阴云一般，总是驱之不散。在阴云的笼罩下，这些人的内心将会变得非常阴暗。

其实，抱怨对人是非常有害的，不仅会使身心健康受到损害，还会影响到别人，干扰他人的正常生活。一个人一旦生活在抱怨的阴云下，他的心灵是很难得到宁静的。

有一位中学女老师，平时相当努力，教学成果也不错，深为领导看重。而且她老公也是企业高管，还有一个可爱的儿子，应该说生活是相当惬意的。

但她并没有感受到幸福，而是寡言少语。其原因是，她很不满意自己的容貌，老觉得看不顺眼。

于是有一天，她跑去做了一次整容手术。

整容师细细地把她的脸观察了一番，五官端正，并不觉得她难看，甚至还有一点美感。最后，他只给那位女教师做了一点小手术，稍稍改善了一下她的五官。

手术结束之后，那位女教师在镜子中端详着自己的面孔，发现几乎没什么改变，于是她向整容师抱怨道："你好像没有改变我的面容。"

整容师回答说："其实，你的面容已经够完美的了，并不需要刻意去改变。你之所以讨厌自己的脸，是因为你把它当成了遮盖你真实感觉的面具。"

那位女教师一时低头无语，迟疑一阵后，她终于向整容师道出了心声：她是一个追求完美的人，在上课的时候，总想展示出自己最美的一面，而换来的却是学生们的嘲笑。

整容师于是开导她说："学生之所以会嘲笑，是因为他们看到了你虚假的一面。人无完人，没必要刻意让自己显得那么完美，其实，偶尔愚笨一点，反而会获得学生们的尊重。做人没有必要整天戴着副面具，摘掉它，展现出真实的自己，你就会过得很愉快。"

有了这次经历，那位女教师开始坦然、真实地面对自己的生活，慢慢地过得快乐起来，抱怨也少了许多。

生活就是这样，没必要过于追求完美，也不可能事事都让自己顺心。天空原本是一片明媚，一旦陷入了抱怨，那么抱怨的阴云就会遮住心中的光明。

生活就是一锅大杂烩，酸甜苦辣，什么滋味都有。生活中不如意的事多如牛毛，关键是如何调整自己的心态去面对生活的百态。

如果一个人只会一味地抱怨，一味地表达自己的不满，那么他的心情将会变得越来越糟糕，整天满腹牢骚，与周围生活显得格格不入，自然离完美和幸福也就越来越远。

反之，如果停止抱怨，接受所抱怨问题的存在，然后着手去解决这些问题，没多久就会发现，你自己改变了，所抱怨的一切也都改变了。

你想要的结果只会在抱怨声中离你越来越远，记住拼搏一定会有收获，但时间未知，很多人在即将就要得到时却放弃了。不要总想着遥遥无期，走好每一步，终有一天你会与梦想相遇。

你比看上去更勇敢

我们都曾有过身处绝望无助的时候，苦苦挣扎，找不到出路。我们也曾被生活所逼迫，在逆境中硬着头皮坚强地前行。

我们是芸芸众生中的普通人，却也都是生命中独一无二的自己。

韩国总统朴槿惠在自传《绝望锻炼了我》中说道："人活在世上，难免会经历坎坷或吃亏，也有可能经历背叛，这些都是无法逃避的。就像这天气，不可能永远都风和日丽。冷热交替，严寒酷暑，这些都是正常的。"

在她质朴的叙述背后是凤凰涅槃般的重生，是置之死地而后生，是无数次严寒酷暑的煎熬，是无数次日月星辰的更替，是无数次孤独寂寞的等待，更是心灵脱胎换骨的改变。

2012 年 12 月 19 日，朴槿惠当选韩国第 18 任总统，也是韩国历史上第一位女总统。她的当选宣言是："我没有父母，没有丈夫，没有子女，国家是我唯一希望服务的对象。"

这样的竞选宣言朴实而真诚，透着一丝悲凉，却又充满了希望。

朴槿惠的父亲是韩国前总统朴正熙，母亲是前"第一夫人"

陆英秀。1974 年 8 月 15 日，朴槿惠的母亲在参加某纪念活动时遭遇枪击，中弹身亡。

朴槿惠得知母亲被刺杀的消息后，便匆匆结束在法国的留学生涯，回国后一度代行母亲"第一夫人"的部分职责。然而在1979 年 10 月 26 日，朴槿惠的父亲在情报部长金载圭官邸吃晚饭时也被枪杀。

父亲离世后，朴槿惠被迫离开青瓦台，销声匿迹十几年。此生她拒绝婚姻，因为她深刻懂得政治家庭的悲剧，更害怕再重演那样的悲剧。

此刻，我们看到的不仅仅是一位政坛领袖，更是一位坚强而勇敢的女性。

作为一位女性，20 多岁时父母双双遭遇刺杀，从此以后她拒绝婚姻，无儿无女。她忍辱负重，如今又重返青瓦台，这当中要经历多少精神的折磨，才能重燃与现实斗争的决心和斗志。

当生活将你逼到走投无路的境地后，不要否定自身的价值，更不要畏惧前路的艰辛。你要相信绝处终会逢生，暴风骤雨过后即是风和日丽。

"天将降大任于斯人也，必先苦其心志，劳其筋骨，饿其体肤，空乏其身，行拂乱其所为，所以动心忍性，曾益其所不能。"在孟子眼中，苦难与绝境并非坏事，而是一个人将被上天委以重任的先决条件。

当一个人能够经受意志的摧残与折磨，筋骨的劳累，身体的饥饿，全身的困苦，各种打击的折磨，这样才能塑造他坚韧的性格，增加他前所未有的决心，最终让他成就一番大业。

一念之间，要么选择毁灭，要么选择重生。

人活在这个世界上，绝境在结束你的过往的同时，也给你带去了新生。你所经历的绝望之境不是永无翻身的死地，而是孕育新生的开始。

暴风骤雨终有一天会过去，新的远行也即将来临，而你其实远远比看上去要更勇敢。

努力奋斗是为了不辜负自己

现实生活中，总有一些人，在面对人生中的那些痛苦与缺失时，也许会郁郁寡欢，也许会变得自闭自卑。

当然，总有一种解决方式，就是将生命中的缺失看作激发自身无限潜能的开始。

艾米·穆林斯，天生没有小腿腓骨。在一岁的时候，她就做了膝盖以下的双腿截肢手术。

父母为了让她像正常人一样生活，并没有对她有过多的关照，而是让她学会自立。

她本来也许会一辈子都摆脱不了轮椅的束缚，背负深陷残疾的压力，承受来自外界带有偏见的眼光。然而，艾米凭借着自己的坚强与毅力走上了另一条路。

在两岁的时候，她就学会了用假肢独立行走。她说自己从小就和义肢共同生存，走路、跑步。

她从来没有坐过一天轮椅，并且和所有同龄孩子一起玩耍，爬树、骑车、带球过人一样都不少。她完成这些动作与别人没有什么差别，唯一的不同就是她是用义肢来完成的。

其实，艾米的人生走上这样一条轨迹的根本原因是，她从来没有觉得自己有什么缺陷。当别人夸她的腿非常美，根本就不像残障人士时，她反而觉得很奇怪，因为她从来没有觉得自己是残障人士。

正因为这种对人生的态度，她在高中时期就成了垒球运动员、滑雪能手，在 20 岁的时候参加了美国亚特兰大残奥会，并且创造了新的世界纪录。

后来她去了美国乔治城大学攻读历史和外交，在节假日时她会作为情报分析员在五角大楼里实习——在这个 200 多人的部门里，她是唯一的女性。

她还是美国大学生体育协会第一级田径比赛的首位双腿截肢选手。她不仅在运动场上创下两项世界纪录——女子 100 米跑和女子跳远，还在其他领域进行着尝试。

毕业后，她去 T 台上走过秀，又在马修·巴尼的电影《悬丝》中以"豹皇后"的形象出现，还担任了体育电影节的官方大使。

艾米·穆林斯将不可能变成可能，并创造出更多的奇迹。她在演讲中说，义肢的作用不再是代替身体缺失的部分，它更给佩

戴者带去了无限的想象，创造出了更多的不可能。

她鼓励那些和她一样的人，他们可以成为塑造自己身份的建筑师，挖掘出更多的潜能。她将缺失变成了获取更多力量的转折点，也变成了突破人类自身性质的源泉。

她赞美那些令人激昂的力量，因为有了这些战胜缺失的力量，更多人才变得闪闪发光，成为不一样的自己。

面对生活中的不完美，面对生活中的缺失，我们不该只是将自己局限在一个狭小的角落里，并小心翼翼地去轻抚那些伤口，沉迷于那些伤痛中。

这些伤痛，不该成为你挑战某些不可能的障碍。

在高考前一个月，小茵的爸爸因为癌症晚期去世了。那个时候，同学们都害怕她坚持不下去，害怕她会想不开，害怕她出什么事。然而，小茵为父亲办完丧事后就直接回了学校。

父亲的离世让小茵憔悴了很多，但丝毫没有减弱她的战斗力。大家害怕影响小茵的情绪都变得小心翼翼，在做某些事情的时候都会考虑她的感受。

小茵发现后却非常坚定地说："我现在很好，请大家不要因为我失去了父亲而特别照顾我，也不要因为这件事而对我有什么改变。"

小茵没有变得脆弱不堪，而是变得更加坚强。最终，她以良好的状态、坚定的信念考上了清华大学。

高考后，小茵说那个时候她不仅要备战高考、面对父亲即将离开的事实，还要安慰母亲的情绪。

在父亲离开的几个月前，她也曾一度崩溃过，不过最后还是挺过去了。她说："就算生活再艰难、再黯淡无光，都不能放弃。而且我也有责任去承担某些事情，比如不能让母亲除了沉浸在失去丈夫的悲痛中，还要承受我一旦高考失利的压力，那么她日后的负担会更加沉重。"

小茵上大学后，凭着自己的努力付清了所有的学费和生活费。

后来，因为优异的成绩与突出的领导能力，小茵获得了哥伦比亚大学的全额奖学金。她说，希望父亲能在天堂里安心，希望自己能陪着母亲坚强地生活下去。

现在的小茵乐观、自信、开朗，再大的风浪都无法阻碍她前进的道路。

尽管生命中的某些痛苦与缺失是无可避免的，尽管还没等到你做好准备就有可能要面对生命中突如其来的苦难，但请不要因此彷徨不前，甚至失去面对生活的勇气。

这世上总有比我们不幸的人，也总有通过勤奋拼搏变得出彩的人却谦虚地称自己只是幸运。

能成为佛像的石头，要比佛前的石阶经受更多的刀刻斧凿，因此人们踩着石阶而过膜拜的却是佛像。

在命运这把刻刀向你挥来时，有时根本躲不过，那就不如经受住岁月打磨，在一刀一刀的雕琢下，终有一日会有人仰望格外耀眼的你，那时的你终究没有辜负曾经努力奋斗的岁月。

请尊重内心的每一次诉求

曾经，有多少期盼与梦想被你遗忘在现实的忙碌与无尽的等待中？又有多少明日在你复明日的信誓旦旦中被消磨掉？

最终，你在固有的价值观中日益趋同，成了别人的复制品。

在同学聚会时，苏苏总是会向同学们描绘自己未来的打算。不过，她那天马行空的计划单总会让人产生一种错愕感，因为从来没有一项被她实施过。

那天，她捏着肚子上的赘肉说要去参加一个健身课程，立志要练出马甲线。过了一段时间，大家问她马甲线练得如何，她却说：最近工作超级忙，回家还要做家务，哪有闲工夫健身！

有一次，她看到同学小牧在朋友圈中晒的各种烘焙照羡慕不已，于是大声地宣告要拜师学艺。后来，大家问苏苏学得怎样时，她尴尬地一笑，说去了小牧的蛋糕房一次，发现做蛋糕的流程太麻烦就放弃了。

还有一次，苏苏捧着旅行杂志激动地说，她打算国庆假期和老公一起去韩国旅游，并绘声绘色地描述了一番要去的景点与要买的东西，还问大家有什么需要她代买的。

后来，国庆前有同学问她能不能帮忙带一套某牌子的化妆品，可她失落地告诉同学旅行取消了，因为这个假期有好几个亲戚朋友要结婚，只能取消原定的计划。

不过她说年假的时候会去，那个时候会帮忙带。当时那同学就想："也许我根本没有机会从你那里看到那套化妆品了。"

就这样，苏苏所有的宏伟蓝图都因若干看似非常重要的事情被取消了。这些所谓的重要事情就这样日复一日、年复一年地左右着她的人生，左右着她的思维方式，左右着她的未来。

等过了很多年后，当她再回头看那些所谓的很重要的事情时，就会发现它们从未在她的生命里留下印迹。

相比于苏苏，同学小牧要洒脱很多。还记得上大学时，小牧就说她要开一家甜品店，并且还说要把里面布置得非常文艺。

当时大家都以为小牧是在开玩笑，嘲笑甜品店最后肯定会倒闭，因为甜品都会被她自己吃了。后来，大家就再也没有听她说要开甜品店的事了。

不过，大学毕业后，小牧没有像大部分同学一样去找一份稳定的工作，而是去了一家蛋糕店做助理，学习做蛋糕。

同学们只觉得她是一时兴起，并不会长久。

可是令所有人没想到的是，两年后小牧竟然在朋友圈里传了一组蛋糕店的照片。店里的装修文艺而温馨，休息区摆放着一个很大的书架，上面都是小牧的私人藏书。蛋糕店的门口、窗台上都放着小牧亲手栽种的植物。

蛋糕店开业那天，大家都去给她捧场。

看着小牧为朋友们忙前忙后的样子，大家心里感慨万千。大学时期的小牧是一个循规蹈矩的女孩，所以同学们都认为她会找一份稳定的工作，然后做个贤妻良母。然而，想不到她竟做出了不一样的选择。

蛋糕店只是一个开始。当同学们为了房子、车子等现实问题累得焦头烂额而忘记生活的本质时，小牧却不慌不忙地打造着自己的小世界。

小牧为蛋糕店取名叫"魔女之家"，是专门为都市女性打造的休息场所。

"魔女"有着不安分、百变的含义。小牧说她希望在这个喧嚣浮躁的世界里，那些身兼数职、忙碌不安的女性能够在这里找回自己丢失的东西。

除了经营甜品外，小牧还专门为女性朋友开设了烘焙培训课。小牧会为她们做好的蛋糕标价，并且让她们为自己的蛋糕写上自己的小故事，放在"魔女之家"的公共主页上。

很多顾客都会因为一则感人的故事而去买下特定的蛋糕。有时候因为故事太感人，某款蛋糕会供不应求。

这种开放式的经营理念，不仅让女性朋友缓解了压力，还让她们在互动的过程中找回了自我。很多人在写故事的过程中，回想起了曾经丢失的许多美好。

随着顾客的增多，"魔女之家"的名气也越来越大。后来经过推广，许多女性朋友也都纷纷加盟进来。

"魔女之家"的互动模式不仅是一个分享故事的过程，同时也是一个寻找自我的过程。

人活在世上，永远不要在忙碌中忘记自己的梦和未来，更不要因为那些所谓的"重要"放弃了你本该享受的生活。

生命是一个体验与感知的过程，尊重内心深处的每一次诉求，遵循它的声音，脚踏实地，在改变中成就美好的未来。

用心会让你与众不同

人们常说，步入社会要认真做事。认真做事可以把该做的事情做完，但只有用心做事才能把事情做好。

用心做事，不仅是努力地去做事，而且是用自己的真心、诚心、良心去做事。假如我们没有用"心"去做事，那么，我们可能达不到预想的结果。

有一位年轻人，刚刚加入一家公司。他自认为工作经验丰富，专业技能很强，所以对待工作比较随意，三下两下就搞定了。

有一天，老板亲自召见他，交给他一项任务，让他为公司做一份品牌推广方案。

年轻人接到这个任务后，既有压力，又有一种受宠若惊的感觉。于是他使出浑身解数，花了两个礼拜的时间，洋洋洒洒地写出了一份20多页厚的推广方案。然后，他忐忑不安地走进了老板办公室，恭恭敬敬地把方案交给老板审阅。

老板拿过方案来，大致翻了一翻，然后往办公桌上一丢，问了年轻人一句："这是你能做的最好的方案吗？"

年轻人一怔，不知老板所言何意，没敢回答。老板见他迟疑，就轻轻地把方案推给年轻人。年轻人什么也没说，拿起方案，走回自己的办公室。

年轻人苦思冥想了好几天，的确发现了不少问题，于是又系统地修改了一遍。一周后，他再次把方案交给了老板。

老板浏览了一下后，还是那句话："这是你能做的最好的方案吗？"年轻人心中忐忑不安，不敢给予肯定的回答。于是，老板还是让他拿回去修改。

这样反复了三次，到最后一次，年轻人信心百倍地说："是的，我认为这是最好的方案！"

老板微笑着说："好，这个方案批准通过。"接着又说了一句，"其实前几个方案都不错，但我要的是你最高的水平。"

有了这次经历，年轻人明白了一个道理：只有用心去做，工作才能做到最好。在以后的工作中，他经常扪心自问："这是我能做的最好的方案吗？"然后，他再不断进行改善。

后来，他的工作颇受领导和同事的认可，老板对他的工作也非常满意。而今，这个年轻人已经成为公司策划部的副总，成为公司一名举足轻重的人物。

的确，一件事情，认真去做和用心去做是两回事。认真只代表你认真对待了，但未必能把工作做好；只有用心去做，你才会发挥出自己的聪明才智，才能激发出你的最大潜能。在这过程中，你才会找到工作的灵感和兴趣，才能享受到一种成就感。

一个人的工作，就好比制造出来的产品一样，如果不用心去做，产品就会留有许多瑕疵，这样的产品会毁坏你的生意，断送你的市场。生活中与人交往也一样，如果做事不用心，很多事做得拖泥带水，就会毁掉你的声誉。

一件小事都做不好的人，没有人会相信你能做大事。而如果什么事都做得井井有条，别人对你会很放心，乐意跟你合作，或者对你委以重任，你的事业将会非常顺利。

老子说："天下难事，必做于易；天下大事，必做于细。"所谓的细，其实也就是用心。

卡耐基曾说过："一个人对于人生愈有经验，对工作就愈专心。成功者和失败者之间，在能力或技术方面，并不一定有很显著的差异，如果能力相等的话，当然专心的人必定获胜。只要做事专心一意，他必定胜过能力虽强但用心不专的人。"由此可见，在成功的路上，用心做事有多么重要。

成功的秘笈之一，就是"心无旁骛，用心做事"。

作为一个社会中的人，我们要时刻以"用心做事"为支撑点，立足岗位，坚持用心做好每一件事，关注工作中的每一个细节，让错误减少到最低程度。

这样，个人的潜能和价值才能得以充分发挥，在为社会创造价值的同时，也实现了自己美好的人生价值。人生的出彩来自于做事用心！

第七章

跳出思维的墙，你才能看到最美的风景

当我们在工作中因为反复做一件事情，却没有功效而烦恼；因为长期束缚在某个职位上而无法突破；因为习惯了自己循规蹈矩的生活，而失去了生活的新意时，我们已经被装入了一个笼子。

而一旦给自己的思维砌上了一道道的墙时，我们也就故步自封，作茧自缚了。唯有跳出思维的墙，我们才能融入到一个开阔的世界，才能看到人生最美的风景。

环境不会改变，那就先改变自己

有些人看问题喜欢用不一样的角度。

这样的人看别人专看缺点，某个人身上有什么缺陷，他马上看得清清楚楚，并以此来对别人评头论足。而看自己时，他却从不进行反省。

这样的处事方法，当然是很不明智的。

其实，每个人身上都有这样那样的缺点，谁也不例外。就因为我们常把关注点放在别人身上，而从没有去审视自己，这才导致对他人过分求全责备，对自己却缺乏正确的认识。

如果我们静下心来认真地反思一下自己，就会发现自己并不比他人好，甚至还有可能更糟。

有这么一个笑话：李四借了张三几块钱，说了三天后还。

没想到三天后，李四没有一点还钱的迹象，这让张三很不爽，心里骂他这么小气，连几块钱也赖着不还。后来实在按捺不住，张三就向其他人述说李四的小气。

张三在背后说的坏话，无意中被李四听到了，于是有一天李四拿了几块钱还给了张三。

张三当时假意地说："就几块钱也要还啊？算了吧！"

李四回答说："几块钱也是钱啊！"

张三接着回答："那我回去把你的账销掉。"

于是李四又在众人面前笑张三小气。

古语说五十步笑百步，的确如此。生活中，常常有些人在众人面前讥讽别人的缺点，而别人也在议论他的缺点。

有的人常喜欢把精力放在别人身上，老想按照自己的思维、自己的标准去改造别人，其结果必然会大错特错。因为每个人都有自己的处事之道，真正要做的就是管理好自己。

古时候有位王子，在踏上人生旅途之前，他问佛祖："佛祖，能不能指点下我未来的人生之路？"

佛祖回答说："在你的人生旅途上，将会遇到三道门，每道门上都有指示语，按照上面的做，你就清楚了。等你过了第三道门之后，我会在那边等你。"

就这样，王子开始上路了。没多久，他就看到了第一道门，门上有四个字：改变世界。

王子心想：太好了，那我就按照自己的理想，去重新规划这个世界，统统改掉那些看不惯的东西。但是，几年下来，他做得很累，最后感到有心无力。

疲惫之下，王子继续往前走。没多久，他又遇到了第二道门，门上也是四个字：改变别人。王子一看，松了口气说："这个好办，我要用美好的思想去教化人们，让他们按照我的理念去做。"

但没想到做了几年后，王子发现改造别人并不像他自己想象的那样简单，因为人们心思各异，琢磨不透。

失落之余，他又只好放弃了。

无奈之下，王子继续往前走。很快，他又遇到了第三道门，上面的五个字映入他的眼帘：改变你自己。王子想了想说："我改变不了世界，改变不了别人，但我改变我自己总可以了吧？"于是，他努力地使自己的人格变得更完美。

通过第三道门之后，王子在那边见到了佛祖。佛祖问他的心得，王子若有所悟地说："我已经走过了人生道路上的三道门，也按门上的启示做了。我懂得与其改变世界，不如改变这个世界上的人；与其去改变别人，不如改变我自己。"

佛祖听后，微微一笑："你现在返回去，再去看看这三道门，或许有更深的感悟。"

王子开始调头往回走。不久，他就走回到了第三道门，这时，他才发现门的背后也有一行字，上面写着：接纳你自己。

王子若有所思地继续往前走。接着，他又走回到了第二道门，门的背后也写着几个字——接纳别人。

等王子走到第一道门时，他看到门上写着：接纳世界。

王子这才明白自己过去一路走来的艰辛：以前他想改造世界，却不知世上有许多事是人力所不能及的；以前他想改变别人，控制别人，却不知每个人都有自己的想法。

的确，一个人想改造世界，改造别人，让周围的一切按照自己的意志来运行，那是不可能的。所以，我们能做的就是完善好自己，调整好自己，去适应周围的环境，去适应周围的人，只有

这样，我们才能与外界和谐共处。

儒家提出"修身、齐家、治国、平天下"，这是很有道理的。一个人只有自我修行完善了，才能将家庭整顿有序；只有家庭整顿好了，才能使国家安定繁荣；只有国家安定繁荣了，才有资格平定天下。

可见一个人能够有所作为，首先就要懂得修身律己。只有能够修身律己的人，才能够成为一个非常出色、富有人格魅力的人，才有可能成为周围人的榜样，从而"同化"更多的人。

这也正是儒家所说的"修己安人"的精髓所在。

"二战"期间，世界政坛"三大巨头"之一的丘吉尔，是一个非常善于演说、非常具有人格魅力的人。在当时，英国几乎被德国击垮，而就在这最艰难的时刻，丘吉尔成了英国全国上下的精神支柱，人们全靠他每天的广播演讲来增强抗战信心。

然而，或许很少有人会知道，丘吉尔年轻时是个有诸多缺陷的人：他性格粗暴，说话还有点口吃，发音不清，且常酗酒。

直到后来他自己意识到身上的致命缺陷，并树立了远大的人生抱负之后，才决定彻底改善自己。

他开始每天对着镜子练习演讲，自讲自听，自演自看。每一句用词，每一个语调，每一个神态，他都要经过认真思考和反复锤炼。

这样训练几年之后，丘吉尔完全给人一种脱胎换骨的感觉，再也没有以往的粗暴，而是向人们展示了风度翩翩、温文尔雅、语惊四座的形象。

因此，他成了二战时期最有魅力的领袖之一。

的确，做人贵在修身律己。因此，我们有必要按照中国古代哲人曾子所说的那样一日三省，每天自省一天的所作所为，及时将自身的缺陷与不足找出来，并加以改正，使自己的言行更加完善。

同时也要观察身边的优秀者，以他们身上的优点来反观自己的欠缺，并多加学习，使自己也变得优秀起来。

人永远无法改变外部环境，而与其抱怨和逃避，以及隐忍和妥协，不如改变自己。你变了，世界也就变了。

不忘初心，方得始终

人生有两大律条：自持、自律。

自持就是做事有恒心，认定一个方向后能坚持到最后，这样的话，最后自然也就能收获成功。

自律就是能很好地约束自己，管理自己，养成一个好的习惯，并按习惯做事。

能做到自持和自律这两条的人，往往都能取得非凡成就。

联想集团前总裁柳传志就是一个懂得自持自律的人。2007 年上半年，温州商界举办了一次论坛，并邀请了柳传志这样的知名企业家前往交流。

柳传志当时爽快地答应了。然而，在出发的时候，偏偏天公不作美，温州正遭受暴雨侵袭，柳传志乘坐的飞机被迫在上海降落。

于是，身边的工作人员便向柳传志建议：先在上海休息一晚，次日再乘飞机前往温州。

一般人遇到这种情况，要么就是取消行程，要么就是延缓行程。因为迟到了就迟到了，毕竟是客观原因，别人也不会计较。

但柳传志不同意，他一定要保证准时参会。于是，他叫人找来公务车，连夜赶路，终于在第二天凌晨赶到了温州。

正当大家以为柳传志不能来了的时候，柳传志红着眼睛走进了会场，把那些在场的知名企业家感动得热泪盈眶……

这就是柳传志的为人之道，也是柳传志的处事风格，而且这种风格在联想集团中形成了一种美好的企业文化。

我们知道：人们每做一件事情，都不是一蹴而就的，其间会有诸多的变数和曲折。面对前进路上的拦路石，有人选择退出，有人选择继续坚持。所以，退出的人只能是半途而废，与成功绝缘，而那些坚持不懈者，最终获得了成功。

有一个和尚想去南海云游，于是找到好朋友——当地一位颇有钱财的员外，邀请他一同前往。

员外也一直有这个想法，而且也具备这个财力，但他顾忌路途遥远，觉得做不到。于是，他问和尚："南海这么远，你怎么去呢？"

和尚回答道："一衣一钵足也。"于是，员外取笑了一番，不肯与和尚同行。

转眼过了三年，和尚云游回来了。他跑去见员外，告诉他南海的一草一木。员外简直不敢相信，问他怎么做到的。

和尚告诉他说：一路云游，一路化缘，一帆风顺！员外听后非常后悔，可惜已经年迈，再也无法去南海了。

其实，每做一件事，做事本身并不是最困难的，真正的困难所在是——做事之人是否有恒心和毅力。只有能够按照一个既定的目标坚持下去，做到自持的人，才能够战胜一切困难取得巨大成就。

人生的另一大戒律就是自律。

一个人能不能自持，关键看他能不能自律。人的性格像一匹野马，如果不能很好地控制，就会毫无目的地乱跑乱奔，根本不可能到达自己的目的地。

因此，必须紧紧地拉住缰绳，约束野马朝着既定目标奔驰，这种约束就是自律。

有一位国王不幸被自己的亲弟弟推翻，不但王位被抢，还成了阶下囚。

弟弟登上王位后，如何处置哥哥成了烫手山芋——放了，怕他东山再起；杀了，又怕背上历史骂名。

后来，他想到了一个绝妙的法子，既能永远囚禁他哥哥，又能堵住天下人的嘴。他知道哥哥有个坏毛病就是贪吃，而且没有节制，所以长得非常肥胖。

他把哥哥关在一个独立的监牢里，下了一道旨意：哪天哥哥能从监牢栏杆之间的缝隙钻出来，他就自由了。

接下来，他每天给哥哥送去许多山珍海味，甜美的糖果。

开始几天，哥哥还努力克制自己，努力少吃，希望瘦下来，然后获得自由。但才憋了几天，他就忍不住了，每天都会比上一天贪吃一点，没过几天就恢复原样，又开始大吃大喝起来，身体一点也瘦不下去。

到后来，他干脆就放弃了，每天放开地吃喝，身体也越来越胖，于是至死也没有走出监牢。

有强大自持和自律的人，也是有强烈初心的人，正因为时刻心存信念，所以才能严以律己。

初心易失，人才会随波逐流。不忘初心，方得始终。

跳出"惩罚"的陷阱，营造快乐人生

"白发才女"张允和曾说过一番富有哲理的话：做一个幸福、快乐的人，其实很简单，只要做到三点就可以了——第一是不要拿自己的错误惩罚自己，第二是不要拿自己的错误惩罚别人，第三是不要拿别人的错误惩罚自己。只要做到这三条，人生就不会太累……

的确，每个人都会犯错，不是自己犯错，就是别人导致自己犯错。我们真正能做的，就是尽量让自己从错误中走出来，而不深陷其中，更不能牵连他人。

只是很多人对这三种惩罚无法释怀，总是被折磨得无比烦恼和痛苦。

第一种是拿自己的错误惩罚自己。这是很常见的一种现象，有些人犯错后，老是对自己过去的一些错误行为懊悔不已，老是在想：如果当初不那样就好了。

过去的都已经成为了过去，已经无法弥补，毕竟时光不能倒流。人生又不是打游戏，错了还可以重新开始。

过去的既然无法挽回，那就让一切都过去，把经验教训总结出来，走好以后的路就行了。这是最好的解决方式。

正如陶渊明所说："悟已往之不谏，知来者之可追。"但不少人做不到这一点，只会沉溺于过去的失误中，并用自暴自弃的态度对待未来。

南唐后主李煜是一个典型的案例。他当皇帝时不勤政，做了很多荒唐事，例如误信赵匡胤的一个简单的反间计，杀害了南唐最有名的军事统帅林仁肇。他整天只知道饮酒作乐，风花雪月。后来宋朝军队一打过来，他就轻易投降，做了亡国奴。

既然已经做错了，不会再改变。而李煜亡国之后，又开始不断悔恨自己的过错，填写了很多幽怨哀伤的词。尤其是他的旷世佳作《虞美人》，词曰：春花秋月何时了？往事知多少。小楼昨夜又东风，故国不堪回首月明中……

这首词道尽了他的厌世和悔恨之情，也正是这些词句让原本还可以继续活命的他，被宋太宗赵光义的一道圣旨给赐死了。

第二种是拿自己的错误惩罚别人。看起来，这似乎是矛盾的，自己犯的错误，又如何去惩罚别人呢？

其实，这是许多人都会犯的通病，也就是自己犯错后却迁怒别人，结果让别人来为自己的错误"买单"。

这种错误行为往往害人害己，原本只是一个简单的错误却波及了一大片人。

某制造企业总经理为了提高单位业务成绩，决定开始早上班晚回家。

难以预料的是，有一次，他看早报看得太入迷以致忘了时间。为了准时到达办公室，他闯了两个红灯并超速行驶，结果被交警开了罚单，最后还是误了时间。

这位老总心情糟糕、愤怒之极，回到办公室时，为了转移别人的注意力，他将生产经理叫到办公室训了一顿。

生产经理挨训之后，气急败坏地走出老总办公室，将秘书叫到自己的办公室并对她挑剔一番。

秘书无缘无故地被生产经理挑剔，当然是一肚子气，便故意拨通自己男朋友的电话，无理取闹了一阵。

那位秘书的男朋友正高兴地在家里搞卫生，听了电话后有些莫名其妙，恼火之中狠狠地对家里养的猫踢了一脚，结果无缘无故地把猫给踢死了。

这故事听起来虽然让人啼笑皆非，却是典型的拿自己的错误惩罚别人的案例。

第三种是拿别人的错误惩罚自己。这句话听起来似乎有些奇怪,谁这么笨,会去拿别人的错误来惩罚自己呢?

可是在我们与人交往中,却总是不经意地会犯下这种错误。别人犯的一个错,却往往让自己耿耿于怀,深陷其中。

例如有些人在外受气后,回家能生上几天闷气,有时还迁怒身边的人,把他们当作自己发泄的对象;严重点的还会在内心产生郁结,蒙上一层阴影,不但影响自己的身心健康,还打乱了自己的工作,破坏了与亲朋好友的关系,有百害而无一利。

现实中,很多人常常为别人犯下的错误生气,其实这就是拿别人犯下的错误来惩罚自己。仔细想一想,这真是最傻不过的,别人犯的错误何必由你来"买单"呢?

如何才能跳出这三种关于"错误惩罚"的陷阱,做到不生气呢?其实并不难。

如果是自己做错事,就试着接纳自己的错误,并告诉自己下次不要再犯同样的错误。

如果明知道是自己的错误,就更不能转移目标,把错误转移到别人身上。

如果是别人犯的错误,就用宽恕的心态去原谅他。

一旦跳出以上这三个"惩罚"陷阱,人生才能处于快乐中。

学习认错，因为我输不起明天

　　我们常常见到一些人在出了问题的时候，往往把错推给别人，从而把自己的责任推得干干净净。他们总是给自己的失职寻找借口，千方百计地找出一堆托词，无非是为了说明问题不在自己身上。

　　某家公司当月有几个订单没有按期交货，结果引起客户投诉，于是总经理召集各部门负责人开会，来落实解决这件事。

　　没有按期交货，问题出在哪里呢？

　　大家首先想到的是生产部，但生产部经理把责任往人事部身上推，说："我们生产部不能按期交货，是因为车间工人不够，人事部没有给我们招够工人。"

　　人事部经理也推卸责任说："生产部没有提前把招聘计划给我，突然间要人又怎么能仓促招够？再说，并不是工人不够，而是工程部突然提高岗位产量标准，增加了工人的劳动强度，导致很多工人辞职。"

　　工程部经理更会推责任，说："现在人工成本这么贵，不提高工人的岗位产量标准，公司成本压力太大，承受不了。"

　　这样，公司整个管理团队就像打太极一样，大家把责任推得干干净净，而问题却无从解决。

这是一种典型的推责现象，在公司里非常常见。只要出了问题，哪怕是自己的错，都会设法把责任推卸得干干净净，就像泥鳅一样，滑滑的，怎么也抓不到。

一个人不肯承认错误，主要有两大原因：

一是顾及自己的面子。

中国人是很好面子的，认为一旦承认了错误，就会伤及自己的脸面，就会在众人面前抬不起头来。

在生活中，我们常常看到这样一种现象：当一个人犯错时，他会竭尽全力地狡辩，而且你越说他错了，他就越争吵，越为自己开脱，好像在别人面前承认错误是当众出丑一样。

一个人越是有了身份，就越难承认错误，所以我们经常看到一些领导，明明错了，却要一直错到底，最后累人害己。

二是害怕认错后会承担责任。

有些人做错事后，常把责任往别人身上推，就是害怕承认错误后，要承担做错事的后果，于是一味地为自己开脱。这在工作中非常常见，一旦工作出问题了，马上就联想到别人身上，试图把责任推干净。

其实，领导的心里像明镜似的，谁是谁非他非常清楚。之所以把问题摆出来，是为了把问题弄清楚，以便以后不再重复发生，而并不是要谁承担责任。

恰恰相反，如果错了还极力掩饰、推责，这会让领导对你大失所望。

人常常不肯认错，其实不认错本身就是一个错。要知道：认错，能够让你正视问题，避免下次再犯同样的错误。

学习认错是一个大修行。

曾看过这样一个有趣的故事：

从前有座山，山上建有两座寺庙，但两座寺庙的景象却截然不同：一座庙的和尚几乎成了冤家，整天吵吵闹闹，整个关系搞得非常紧张，显得非常压抑。而另一座庙的和尚却是一团和气，大家笑容满面，过得轻松自然。

于是，前一座庙的方丈到后面那座庙去取经，看看对方是怎么管理的。方丈到了对方寺庙的门口，问一个接待的小和尚："为什么你们寺里的和尚都能相处得这么愉快呢？"

小和尚回答说："因为我们经常做错事。"

方丈正感迷惑，忽然看到一个和尚从外面匆匆忙忙地跑了进来，结果在大厅里不慎滑了一跤。

一个正在拖地的和尚马上跑来扶起他，歉意地说："都怪我，把地擦得太湿了！"

站在门口的接待小和尚，也跑过来歉意地说："该怪我，没告诉你内堂正在擦地。"而被扶起的和尚，却愧疚自责地说："不，是我的错，是我走路太不小心了！"

方丈看完这一幕后，他终于明白了自家的原因。

弗洛伊德说过，人类都有防御机制。因此很多人在犯了错误的时候，为了顾及自己的形象不显得愚蠢，也为了心安理得，而把责任推卸干净，甚至不惜与人争吵。结果是越描越黑，甚至最后导致更大的错误出现。

其实，认错并不是输，反而是一种理智，一种清醒。

认错不但能反省自己，正视问题，还能够化暴戾为祥和，还世界一片安宁。而比认错更可怕的是，失去接纳更好的自己的机会，从而就会与更美好的明天擦肩而过。

不要迷信自己的"逻辑"

每个人都有一套属于自己的逻辑，也就是所谓的"道理"。只是每个人的思维方式不同，思考问题的角度不同，其所谓的逻辑也就不一定都对。

然而，在人际交往中，有些人却过于相信自己的逻辑，总是以自己的思维来判断别人的是非。正因为如此，才造成交际沟通中的诸多烦恼。

在生活中，我们经常看到有人或在激烈争吵，或在谈话时话不投机，不欢而散，甚而因一言不和，相互大打出手。其原因就在于每个人只相信自己的逻辑，都固执地认为只有自己才是对的，这才导致互不相让，陷入僵局。

某公司有一个质量系统部，专门负责公司各类质量管理体系的构建与维护工作。在这个部门中，设有一个部门总监，下面有

一个主管，主管有一位精明能干的女助理。

有一天，部门总监直接找那位女助理，让她写一份《集团公司文件控制程序》，用于规范公司的文件管理。

女助理受宠若惊，于是用尽心思把程序写好，并愉快地去找总监交差。总监接过来后，只说了句"我等会儿看看"，就把程序文件放在办公桌的一边。

女助理等了几天，也没见到部门总监的意见反馈，忐忑不安之下，她就把程序文件交给自己的主管看。

结果上司草草浏览了一下，觉得她的程序文件写得不行，并说："这么大一个集团，你一个小助里写份程序文件就让全公司执行，可能吗？"

那位助理顿时来气，就去找总监，询问文件到底如何。

总监说："文件写得挺好的呀！"

如此一来，那位女助理就神气了，回到办公室后，便对着上司主管发飙说："总监都说可以了，你还有什么说的！"

上司一听，更加来气，于是两人在办公室大吵大闹，彻底翻脸了。

这件事到底是谁的错呢？

谁都认为自己有道理。女助理认为完成了总监交代的事，而且认为自己做得很漂亮，上司主管不但不支持，还否定、刁难，因此非常怨恨自己的主管。

而主管也同样是一肚子火。作为一个中层管理人员，高层直接越过自己去交代下属做事，而下属也不请示、不商量，直接越过自己跟上面沟通，直接对接工作，那完全就把他这位主管架空了，以后在部门还怎么开展工作？

其实，问题的关键是双方都没有找到一个合适的做事方法，以致出现这种问题后，都不能设身处地，将心比心，这才因为一件小事而彻底翻脸。

所以，在日常的沟通交流过程中，我们一定要适时站在别人的角度思考问题。

善于沟通者，除了能够从对方角度思考问题外，还应学会倾听。美国心理学家 S.T. 斯坦纳曾提出过一个著名的心理学定律——斯坦纳定理，即：在哪里说得越少，在哪里听到的就越多。

这个定理说的就是倾听。

倾听有几大好处：一是满足对方受尊重的心理；二是能够抓住对方说话的要点，能找到合适的切入点与对方愉悦交谈，以产生共鸣。

所以，沟通的最好方法就是让对方多说，自己多听，然后找到对方话题中的问题或者一个亮点，切入进去，进行深入交谈，从而让对方心悦诚服。这样就能很好地说服对方，而不是一味地用自己的逻辑和道理来强迫对方接受。

古时候，有一个小国家的使臣，跑到中国来拜访，并送上了一份精美的礼物——三个一模一样的小金人，一时间把皇帝给高兴坏了。

可是这小国在进贡礼物的同时，又出了一道难题：这三个金人中，哪个最有价值？以此来考验一下中土人物的智慧。

在大臣们的群策群力下，大家想了许多的办法，请来珠宝匠检查，称重量，看材质，看做工，都是一模一样的，丝毫分不出优劣。

这下弄得皇帝焦急了起来，如果被这小事难倒了，将会成为笑柄，颇损国威。

于是皇帝不得不发榜下去，广招能人异士。

后来，有一位书生揭榜上殿，说他能识别出来。于是皇帝高兴地将使者请到大殿，让书生演示一番。

只见书生胸有成竹地拿出一根稻草，插入第一个金人的耳朵里，稻草便从另一只耳朵出来了。插入第二个金人的耳朵里，稻草从嘴巴里出来了。当插进第三个金人的耳朵里时，稻草直接进了小金人的肚子里，什么响动也没有。

书生于是说："第三个金人最有价值。"

使者只好黯然收场了。

这三个金人，其实代表了三种沟通方式的人。

第一种是听不进别人的话，一只耳朵进一只耳朵出。沟通时，只管自己一味地说，一味地表达自己的意思，而不理会别人的感受，结果话不投机。

第二种是别人的话到耳朵里去后，不经思索就说出来，结果答非所问。或者听了别人的话，不会替对方保密，一有信息就四处散布。

第三种是注意倾听，把别人的话听进肚子里，找好切入点再跟别人接话题，结果谈话变得很愉悦。

我们做人要学做第三个小金人。不要像第一个小金人那样，只迷信自己的思想和逻辑；也不要像第二个小金人那样，只迷信别人的思想和逻辑；而是要像第三个小金人那样，在仔细倾听中，抓准对方的思想，并表达清楚自己的思想，这样才会使交流变得顺畅，智慧得到升华。

善用内在潜能，你就是走运的人

在生活中，人们常常会舍近求远，四处去寻找梦寐以求的宝藏。而往往宝藏不在远方，就在自己的身边，就在人们的心里。

许多人常常无法认识到真正的"自我"，从而往往看不到自己心中的宝藏，总是轻易放弃眼前最好的东西。最终的结果，却是什么也得不到。

一个年轻人非常苦恼，于是就去请教老师："老师，我觉得自己什么事也做不好，大家都说我没用，又蠢又笨。我真的是这样吗？该怎么办呢？"

老师什么也没说，而是把一枚戒指从手指上摘下来，交给年轻人，说："请你到集市上去，先帮我卖掉这枚戒指，然后我才能帮你。记住要卖一个好价钱，最低不能少于一个金币。"

年轻人拿着戒指离开了。

年轻人来到集市，拿出戒指给赶集的人看。

当年轻人说出了戒指的价格后，有人嘲笑，有人讥讽，有人更想用一枚银币和几块铜器来换这枚戒指，但年轻人记着老师的叮嘱，一一回绝了。

年轻人只好失望而归。他懊恼地对老师说："对不起，我没有换到您想要的一个金币，最多只能换到两个或三个银币。"

老师只是微笑着说："年轻人，首先，我们要知道这枚戒指的真正价值。你再去珠宝商那里看看，告诉他我想卖这枚戒指，问问他能给多少钱。记住，不管他说什么，你都不要卖，带着戒指回来。"

年轻人来到珠宝商那里，当珠宝商用放大镜在灯光下仔细检验完戒指的含量，说："年轻人，告诉你的老师，如果他现在就想卖，我给他 58 个金币。"

"58 个金币？"年轻人一下惊呆了，简直不敢相信自己的耳朵。

"是啊，我知道，要是再等等，也许可以卖到 70 个金币。但是，我不知道，你的老师是不是急着要卖……"珠宝商说。

年轻人激动地跑到老师家，把珠宝商的话一五一十地告诉老师。

老师听后，说："孩子，你就像这枚戒指，是一件价值连城、举世无双的珠宝。但是，只有真正的伯乐才能发现你的价值。"

是金子总会发光。在人生这个大舞台上，要珍视自我，一定能找到自己的价值所在，因为我们每个人都是无价的宝石。

毋庸置疑，潜能是人类最大却又开发得最少的宝藏！

潜能犹如一座有待开发的金矿，价值无限。但是，由于没有坚定的信念与良好的训练，绝大部分人都只能像最贫穷的"富翁"一样，守着潜能的宝库，却不知如何运用。

据一项测试所得：如果一个人能够发挥出自己大脑功能的一大半能量，那么就可以轻易地学会 40 种语言，背诵整本《百科全书》，拿 12 个博士学位。

这种描述虽然不够精确，但是表明的道理非常明确。

事实上，人的大脑具有无穷的潜能，而一般人在他的一生当中，也仅仅只是开发了其中的 2%~5%，连世界著名的科学家爱因斯坦也只是开发了 10% 左右。与应当取得的成就相比较，我们只利用了自己身心资源很小很小的一部分。

据史书记载，汉代有名的"飞将军"李广是一个骑射高手。有一天他外出打猎，突然看见草丛里好像有一只老虎正向他走来。

危急关头，李广本能地放了一箭。等老虎不动弹了，他上前看时才发现："老虎"原来只是块大石头，奇怪的是箭竟然深深地射入了石块之中。

随后李广又尽力对着石头射了几箭，可箭都是碰石而落。这也说明了潜能开发这个道理。

现如今的社会，竞争激烈，当外在的压力太大，自己不能承受时，压力就会成为一种阻碍；但如果能主动地进行自我加压，压力就会转化为动力，就会加速自己的胜利。

每个人都蕴藏着无限的潜能，可是终其一生也没有释放出多

少，这真是一种大众式的悲哀。所以，面对压力，不用先急着否定自己，一味退缩，而应竭尽全力调动自己的潜能化腐朽为神奇，将不可能变为可能，正是因为这样，人类才创造了无数奇迹，社会才得以不断进步。

在某个领域优秀出色的人，除了那么一点幸运以外，更重要的是最大化地调动了自己的潜能，也因此他们在别人看来是天生聪明、有天赋。

其实，只有他们自己清楚，在想做的事情上，他们拼尽了全力，以至于开发了潜力，也因此他们成为了最幸运的人。

终结拖延，时时充满紧迫感

拖延就意味着错过。

人生的差距，就常常在不经意间被拖延拉开，而且还越拉越远。此刻你才恍然大悟：拖延竟是如此的可恶，居然在你不知不觉中，盗走你的热情，偷走你的机会，碾碎你的梦想，扼杀你的爱情，让你原本灿烂的人生，变得一事无成，一无是处。

有一个40岁出头的中年男子，早在20多岁的时候，他就进入到了一家事业单位工作。那时候因工作稳定，待遇也还行，他感到比较满意。

但几年之后，那种重复、枯燥的事务性工作，开始让他感到疲乏，再加上受到不少朋友纷纷下海创业的影响，于是他便萌发了"换跑道"的念头。

而在这个时候，他刚好结婚了，他担心这样一来婚后的经济压力也就随之而来了。

于是他便自我安慰说："就算去创业，也未必能成功，还是忍忍吧！等几年，有好机会了再出去也行。"

如此又过了三年，这时，他老婆生孩子了，家庭的开销更大了。而且，有了孩子之后，他的生活重心也变了。他便又告诉自己：再熬几年吧，等到孩子长大了，再出去创业也行！

于是这样，又过了八年。那时，他的孩子是长大了，但孩子已经步入了读书的年龄，孩子的学费压力随之而来。

这时，年近四旬的他只好又安慰自己说："没关系，生活就是这样。为了这个家，反正我已没指望了，所有梦想也被摧毁殆尽，等我退休了，一切都会好转的。"

于是，他又开始等退休。十多年过去了，终于等到自己快退休了。有一天他逛商场，看到一套很喜欢的西装，很想买，但一看标价，他吓了一跳，要一千多块。他想了想，叹气说："唉，反正家里还有两套西装，算了，快退休了，何必还要穿那么漂亮。"

对于这个故事的结局也就不用再叙述了，大家想想就应该知道。

要让你的人生重新焕发出活力，就要终结拖延的病症，让

你的生存充满紧迫感。全球首富比尔·盖茨曾说过："微软离破产永远只有 18 个月。"紧迫感才能让你清醒地发挥自己有限的精力，稳固自己的事业，并不断追求事业上的卓越发展。

只有让自己时时保持紧迫感、危机感，你才能在前进的路上永远保持警觉的状态，时时注意规避风险。

例如，小天鹅集团实行"末日管理"，通过加强危机意识教育，使员工们时刻感到行业的竞争和末日的临近，从而使企业员工始终保持旺盛的进取精神。

创造了中国人创业神话的华为总裁任正非，被誉为"中国三个真正的企业家"之一。从 20 世纪 80 年代至今，这名退伍军人，以最初两万元的创业资金，创造了一个价值千百亿的现代化高科技公司，堪称传奇人物，可是他一直很少在媒体上抛头露面，这让外界人士称奇不已。

在外界的一片关注和赞叹中，任正非没有去炫耀自己的成就，反而写了一篇《华为的冬天》，非常清楚地看到自己企业的危机，并未雨绸缪地去防备。

正是任正非的务实进取，励精图治十多年，他才把华为建成了中国 IT 界的标杆企业，与国际著名企业一样成为众多名牌大学学子择业的首选企业之一。

危机感和紧迫感，并不是每个人都有的。但越是在事业上卓有成就的人，其危机感越强，紧迫感更甚。这种忧患意识可以使人正确地认识形势，在强烈的危机感中始终保持奋发有为的精神状态，不断开拓事业的新天地。

危机感是前进的驱动力，依靠危机感把潜在的思维能量发挥到极致，可以扫除前进中的各种阴霾，为你事业的成功添上一块重要的筹码！

有了危机意识，就必须增强紧迫感，紧迫感是应对危机最有效的方法。紧迫感就是坚信巨大的危机和巨大的机会并存，而且，它还是一种发自内心的感觉，一系列的情感涌动。

所以，我们必须在每天起床的时候就下定决心，以实际行动应对危机和机会，并取得进步——不管进步多么微小，今天就开始做。

明日复明日，明日真的不是很多。人之所以拖延，是因为并没有迫切想去实现心中的理想，久而久之，曾经还清晰的梦想就被消磨殆尽，一生也就草草收场了。

终结拖延症，除了要养成良好的习惯，建立危机意识和紧迫感，关键是要在心中树立一座灯塔，时刻在思想与行动中闪耀着光芒。

第八章

改变风格，让明天感谢不抱怨的自己

有人说，每个人最大的敌人就是自己。每个人的内心都有一匹烈马，它就是自己的情绪。每个人的智商相差无几，而人与人之间的情商却有天壤之别。一个人要保持良好的心态，保持好的为人处事风格，就必须不抱怨。

不抱怨是一种生活态度，一种看似简单却很有讲究的大智慧。

抱怨过，才会接纳不完美的世界

有些人一遇到不如意的事，就喜欢抱怨。

抱怨时容易讲错话，容易伤到周围的人，导致人际关系变得紧张，致使与周围环境显得格格不入。

何平大学刚毕业，就在一家贸易公司担任营销总监助理。他做事还算不错，但心直口快，爱挑刺。

有一天，他去总监那里汇报工作，看见茶几上长颈花瓶里插着一枝细长的兰花，随口说："太单调了，只有一枝。"

总监笑着说："那你想想办法，让它充实些。"

何平答应了，却并没有去做。

夏天天热，何平随口抱怨了一句："这么大的公司，竟然没有空调！"

总监听了，与老板对望一眼，什么也没说。

有一天上班，正赶上清洁工在打扫楼道卫生，纸屑扬起，落在何平的脚面上。何平不禁抱怨了一句："这鬼地方，哪儿是人待的？"

总监听了，看了他一眼，就进了老板办公室。

过了一会儿，老板让何平过去。何平以为是要谈工作，原来是要辞退他。何平结结巴巴地问："凭什么啊？我这么努力，这么上进……"

老板说："是啊，你是一个有潜力的人才，可是恃才傲物是不可取的。我送你两条忠告：第一，对上司要尊敬，有什么想法或建议直接跟上司表达；第二……"

接着，老板往墙上的《员工守则》一指。

第一条就清清楚楚地写着：本公司员工，抱怨两次至两次以上的，予以辞退。

原来如此，何平无言以对。

爱抱怨的人，往往生活适应能力差，爱挑刺，稍微有点不顺心就接受不了，就到处发泄，结果四处得罪人，搞得与周围环境格格不入。所以，当一个人受到周围人排斥的时候，就应该好好反思一下：问题是不是出在自己身上？

有一只鸽子，近来不断在搬家。原因是每次住进新窝一段时间以后，它都会闻到一股浓烈的臭味，这让它难以忍受。

它怀疑是周围的环境有问题，于是只好不断地更换环境，不断去筑建新家。

但奇怪的是，尽管换了好几次家，那股怪味还是消除不掉，这让它感到很困惑。于是有一天，它跑去请教一只经验丰富的老鸽子，把烦恼一股脑儿地讲了一遍。

老鸽子听后，笑着说："你再怎么搬家也是于事无补，难道你没发现，那股浓烈的臭味，其实并不是从窝里发出的，而是你自己身上的味道吗？"

的确，当一个人与环境不相容的时候，往往并不是环境出了问题，而是他本人的性格存在缺陷。每个人所处的外界环境，不可能十全十美，总会有那么一些不如意的地方。

　　不足的地方，能改善的就改善，改善不了的就让自己努力去适应，总之抱怨是绝不可取的。

　　有一位企业老总说过一段经典的话："世界上有三种人：第一种是改天换地的人，当环境不适合我，我就彻底改造它；第二种是环境不适合我，就离开这个环境，去寻找一个新的环境；第三种就是环境不适应我，改变不了，又舍不得离开，那就只有努力让自己适应这个环境。"

　　抱怨太多，伤人害己。在生活或工作中，老是把自己心中的不快不断地吐露给别人，最后搞得自己难受，别人也反感，成了众人所唾弃的人。到那时，做人就做得相当失败了。

　　某单位里面有位职工，由于受到排挤，所以常常满腹牢骚，四处发泄自己的不满。

　　有一次他被领导批评了，非常气氛，向同事泄愤说："我辞职下海去，免得受这窝囊气！"但第二天起床后，他又照常去上班。

　　年中时，看到同事升职，没他的份，他又火冒三丈，逢人就说："还是大公司好，靠本事吃饭，没那么多背后的东西！"

　　年底时，单位分房子，又没他的份。他憋了一肚子火，冲到领导办公室里闹了一通。

　　在第二年调薪的时候，同事们的工资都涨了，他却没有，正当他又想找领导去说理时，一份通知传到了他手里：他已经被解聘了。

其实，抱怨无非都是在讲自己不喜欢不想要的东西，但抱怨后却得不到任何的好处。

为了一时口舌放纵的快感，为了心理上的平衡，为了得到别人的同情和理解，这些都是人们抱怨的原因，但最后有助于改变自己的现状吗？

当然没有！反而会因为抱怨而带来坏的后果：

首先，抱怨多的人往往都心浮气躁，常常自乱心神，严重伤害自己的身心健康；其次，抱怨多的人往往会让同事，尤其是领导反感，导致人际关系紧张，成了众人排斥的对象。

抱怨只是一种发泄，我们可以换一种看清世界的方式，将抱怨变为倾听，去接纳这个世界的不完美。

与其将自己的情绪反馈给这个世界上的其他人，不如保持平和、积极的心态去适应环境，去与周围的人愉悦相处，这样才是不完美的人生中最完美的呈现。

不如意终有一天都会烟消云散

优秀的人，绝不让满腹牢骚来消耗自己，也不会让抱怨的思维限制自己。他们总是去积极思考解决问题的出路，并行动起来去实现目标。

作为世界上颇具盛名的索尼公司，曾看过关于它的这样一个故事：

在索尼公司，凡是东京大学的毕业生都很受欢迎。有个很有才华的青年人叫大贺典雄，在加入索尼公司之后，年轻气盛，经常与盛田昭夫争论不休。

盛田昭夫却很喜欢这个善于独立思考、大胆谏言的年轻人。

但出人意料的是，盛田昭夫居然把大贺典雄下放到生产一线给一个普通工人当学徒。很多人都对盛田昭夫的安排感到不解，也有人为大贺典雄抱不平，但大贺典雄对此只是淡然一笑，踏踏实实规规矩矩地做他的学徒。

一年后，更让人感到不可思议的是，还是学徒工的大贺典雄居然被破格提拔为专业产品总经理，员工们对此更加百思不得其解。

在一次员工大会上，盛田昭夫终于为大家揭开了谜团："要担任产品总经理，必须对产品有绝对清楚的认识，这就是我要把大贺典雄下放到基层的原因。让我高兴的是，大贺典雄在他的岗位上干得很出色。不过，真正让我坚定提拔念头的还是这件事：整整一年，他在又累又脏又卑微的环境下工作，居然没有发任何的牢骚和抱怨，而是兢兢业业，甘之如饴。"

大家终于明白了大贺典雄升迁的秘密。若干年以后，大贺典雄成为公司董事会的一员，这在因循守旧的日本企业，简直是一个破天荒的奇迹。

究竟是什么力量促使大贺典雄整整一年处在又脏又累而且卑微的工作环境中，却没有任何抱怨呢？

其实，在他身上往往具有容易被常人忽略的素质：

首先，永远客观地正视现实，从不为困难找借口。

那些优秀的人总是从基层做起，他们并不从一开始就给自己定下什么"伟大的目标"，而是一个个现实的目标，并且通过一步步的努力走向成功。

其次，化解困惑，擅长从具体工作中寻找乐趣。

当大贺典雄被派去一线当学徒时，他并不知道盛田昭夫的最初用意，他也曾一度迷茫和徘徊。但是，大贺典雄并没有让自己处于消极状态，他依然喜欢自己的工作，并在工作中找到了当学徒的乐趣。也正因为他珍惜这段来之不易的锻炼机会，他在学徒的岗位上尽心尽力，所以，才让盛田昭夫更加清晰地看到了他与众不同的心理素质和才能。

最后，永远采取积极的行动。

即使处在低谷，他们也不会自暴自弃或是怨天尤人，他们总会"做点什么"让自己渡过难关，而决不会用嘴上滔滔不绝的抱怨来宣泄自己，总之积极行动是他们唯一的向导。

优秀的人，一般都具有上述几项心理素质，他们总是立足现实，积极行动，努力解决出现的问题。

他们更不会抱怨命运，只是积极用行动改变自己的处境；他们不会抱怨同事、抱怨客户，而是用善意的方式与人们进行沟通；他们不会抱怨老板、抱怨公司，而是珍惜本职工作给自己提供的学习机会。他们遇到麻烦、挫折，都会"换一个角度"想问题，从"麻烦"中发掘快乐，创造机会。

一个真正有理想的人，是不会为身边那些烦琐的小事怨天尤人的。当一个人懂得时间的珍贵，就不会让抱怨浪费自己的生命，生活中的阳光也会洒满他们生命的每一个角落。

抱怨不仅浪费时间，而且于事无补。如果你还在喋喋不休地不停抱怨，至少可以肯定，你很难成为优秀的人。

从现在开始停止抱怨吧，换一种态度去审视生活，你就会发现一个个被忽略掉的精彩。让你的生活不被抱怨吞噬，让你在心中光亮的照耀下远离阴影，一切不如意终有一天会烟消云散。

就让自己来一场绚丽多彩的突围

有人说过，"无常是正常"。有因才有果，有付出就有收获。

上帝对每个人都是公平的，但是上帝往往会先考验我们。你付出得越多就越容易通过上帝的考验，因此也会得到更多。

俗话说："经风的生命更亮丽，经雨的太阳更灿烂。"所以，每个人都要接受考验，所以遇到困难无须惧怕，因为只要扛过去了，胜利就是你的了。

有时你可能已经付出了好多，但还总是在失败，觉得梦想离自己很遥远。其实不然，你离梦想已经很近了，穿越黎明前的黑暗，你就会看到曙光。

但如果放弃梦想，那就真的离它越来越远了，放弃了就彻底的失败了，以前的所有努力就真的归零了。

有些事并不是我们所看到的样子。

有两个天使在旅行中来到一个富商家借宿。这位富商一开始对他们并不友好，并且拒绝让他们在舒适的客厅过夜，而是在冰冷的地下室为他们找了个角落。

铺床时，较老的天使发现墙上有个洞，就顺手把它修补好了。

第二晚，两人到了穷人家借宿。夫妇俩十分热情地款待客人，把仅剩的一点食物都拿出来给他们吃，还让他们睡自己的床铺。

第二天早上，天使发现夫妇两人在哭泣，因为唯一的经济来源——一头奶牛死了。年轻的天使非常气愤，质问老天使："为什么帮无情无义的富人补墙洞，而对有情有义的穷人不予帮助？"

老天使说："有些事情并不像你看上去的那样。我补墙洞，那是因为墙里面堆满了金块，我要让它们取不出来。而昨晚我得知死神来召唤农夫的妻子，于是就让奶牛代替了她。"

通过这个故事，我们是否能有所领悟呢？

有些时候得到回报虽然失败了，但是你还可以再来，实际上如果你没有付出，败得会更惨！

就像有些人常常自问：怎么会这样？我明明用心努力了，怎么还考试不及格？怎么升职加薪的还没有我？千万次地唉声叹气，千万次地不满意，千万次地埋怨，直到自己放弃自己，然后就真的堕落了。

可是，为何不去想想，有付出总是会有回报的！只有正视自己，才能脱掉失败的茧，化蛹为蝶，成就一个崭新的自己。

相信自己的每一次努力和付出都是有价值的，看似毫无结果的努力都是通向最后目标的阶梯，因为付出总有回报。

深圳裕达营销实体有限公司的老总陈开怀，2005 年大学毕业后，在西安当地一家设计公司做平面设计工作，因工资太低，于是 2008 年他辞职跑到深圳来发展。

刚开始他也是在一些设计公司打工，但不久，富有远见和商业头脑的他，在老乡的引荐下，开始从事家具行业的设计工作，并开办了一家小型的家具设计公司，专门做些酒店的个性化家具定制工程项目。

由于他的勤奋，很快便拿到了一些大酒店的订单，到 2009 年的时候，他一年的工程项目订单金额已突破千万，利润上百万，但他并不满足于此。

从 2010 年起，他又在策划一种富有创意性的商业模式，就是利用他的爆破营销技术，与一家管理咨询公司合并，通过管理咨询公司为家具专卖店进行销售辅导培训的方式，取得了与大批家具专卖店的合作。

掌握了家具专卖店的资源，也就掌握了市场渠道，于是下一步他再通过管理咨询公司为家具厂做管理辅导培训，敲开一些经

营不善的家具厂的大门，利用手中的销售渠道托管一些家具厂，然后从家具厂的销售利润中提取高额的提成。

就这样，他利用控制终端的方式，目前已经托管了深圳三家大型家具厂，掌握了近百家家具专卖店，每年以极小的成本获得了数百万的收入。

并不是每一次努力都一定能给你带来成功，但只要方向对了，你的付出就一定会有回报。而且，你所得到的回报还会随着你的不断付出而叠加，甚至是几何级增长。

相信上天是公平的，我们需要做的就是，沿着心中的光亮，用行动去改变自己，经受住上天的考验，在错综复杂的现实中来一场绚丽多彩的突围。

怨恨是弱者的毒药

莎士比亚曾说："人生在世，也有潮汐涨落，把握住涨潮的时机，便可导致成功。失去良机，一生的航程必定触礁搁浅，终身颠沛。"

在人生的海洋中，虽然每一次都不能顺顺利利、平平安安，但是，我们所能做的，就是把帆准备好，随时迎风待发。

有一个大学毕业的学生，工作两年换了六家单位。他总是觉得自己得不到老板的重视，身边的同事大多也不愿和他说话，他对那份工作就一点兴趣也没有了，于是总想辞职另找一份工作。

他是那种有上进心但很自负的人，总觉得自己比别人强，有时候甚至还不懂装懂，瞧不起别人。

在大学期间，他就由于这种性格和很多同学的关系搞僵了，人际关系非常糟糕。所以在学校的时候，他就盼着能早点毕业，换个新环境来摆脱学校这个他认为很糟糕的环境。

可是工作两年来，他依然是频频跳槽，由毕业前的雄心壮志变成了现在的郁郁不得志。

试想，这样的结果是谁的过错呢？生活和工作中，我们更应该改造的是我们自己，转变方式，改变态度，学会积极地生活。

无论生活中还是工作中，当我们认为自己遇到了不公平的待遇时，先冷静地想想问题到底出在哪里。找到问题的症结，解决问题才是正道，而不是用抱怨和逃避的消极态度去面对。

任何抱怨和类似的愤愤不平，都只是企图用所谓"不公平""不公正"的托词来为自己的失败辩护，使自己感到好过一些。可实际上，作为对失败者的安慰，怨恨是不起任何作用的。

怨恨是精神的烈性毒药，它遏制了快乐的产生，并且使成功的力量逐渐地消耗殆尽，最后形成恶性循环。

自己并没有多少本领，而又喜欢怨恨别人的人，几乎不可能和同事相处得好。对于由此而来的同事对他的不够尊重，或者领导对他工作不当的指责，都会使他加倍地感到愤愤不平。

产生怨恨的真正原因是自己的情绪反应。

一个人习惯性地觉得自己是受害者时，就会把自己定位在受害者的角色上，并可能随时寻找外在的借口。即使是在最不确定的情况下，他也能很轻易地找到不公平的证据。

怨恨的结果是塑造恶劣的自我形象，并将自己孤立于众。就算是有真正的不公正与错误，它也不是解决问题的正确之道，因为它只会使你丧失理智，离所想要的目标越来越远。

对于生活中那些习惯抱怨的人，人们常会对他避而远之，在工作中也很少有人会因为坏脾气以及抱怨、嘲弄等消极负面的情绪而获得奖励和晋升。

怨恨其实是一个人无能的表现，因为他没有更好的解决办法和能力来应对，所以只能选择这种无力而且是破坏性的方式来排解。

真正的强者遇到不公正与委屈，不会先想着赶紧辩解，解释不清就心生怨恨，而是会想尽办法用实际行动做出成绩来证实真相，赢得别人的尊重。

因此，只有自己心中光明才会克服怨恨，如果你能理解并且深信，怨恨不是使人成功与幸福的方法，甚至是将你推向毁灭的毒药，你便可以想方设法控制住这种不良习惯。

按自己的意愿快乐过一生

　　人生最快乐的事情，就是在奋斗中实现自己的梦想。每个人从小到大都有过这样的梦想，那就是做自己想做的事。

　　岁月飞逝，时光荏苒。曾经必将成为过去，过去终将成为历史。每个人都有属于自己的一条人生轨迹，每天都在忙碌着自己的事情。只是，这些忙碌的人，又有几人得到了快乐？

　　盖洛普公司是美国一家著名的管理咨询公司。公司经过多年的研究表明，在大多数公司员工中，仅有30%的人认同如下说法："在工作中，我每天都有机会做自己想做的事情。"

　　盖洛普公司发现，对上面说法回答"是"的人，其投入工作的可能性大概是常人的六倍，并且其拥有极好的生活质量的可能性是常人的三倍多。相反，回答"否"的人几乎总是在情感上与工作中脱节。

　　可见，做自己想做的事情，才能激发一个人的热情和兴趣，从而在工作上表现得更敬业，在生活上表现得更快乐，在情感上表现得更惬意。

　　然而，许多人都有这样的体会：刚从学校毕业踏入社会之时，往往满怀激情和希望，充满期待和向往。但几年之后，人的精力

就会被透支殆尽，并且是被一些自己完全不想做的事情透支了。

很多人每天都是这样度过的：早晨六点多就得起床去坐车，经过一个多小时的颠簸才能赶到公司，然后就是八个小时的封闭式上班；晚上六点下班，又要经过一个多小时的颠簸，回到家已是八点多，做晚饭吃完饭就到了十点……

他们每天都觉得没有属于自己的时间。

的确，一个人找不到自己想做的事，找不到生活的感觉，他的事业一定不会进入状态。就好像一个人在考试一样，整场考下来没有一点做题的感觉，他的思维和灵感肯定调动不起来，他的试卷会留下很多空白，最后的分数注定不如意。

所以，人的一生离不开对生活的热爱，只有热爱生活才能给你生命的力量。因此，千万不要被自己不喜欢、重复枯燥的事情消磨了自己的生活激情。

许多人正是因为自己看不到生活的希望，找不到生命的价值所在，于是在人生的旅途上迷茫——本来很珍贵的时间，却被当作煎熬一样打发掉，本来很美好的万物，在他们看来一点情趣也没有。每天的生活都是上班——下班——睡觉三点一式的轨迹，重复乏味。

所以，我们急需要做的，就是找到自己感兴趣的事情，这样才会焕发出激情，全身心地投入到事业中去，进行忘我地工作。

托马斯·沃森是美国国际商业机器公司总裁的儿子。他的家庭虽然显赫，可他偏偏从小就是个学习很差的学生，直到读商业学校时，他的成绩还是那么糟糕，各科学业也是全靠他父亲请了一名家教的鼎力相助才勉强过关的。

那时，他父亲对沃森的感觉真是糟糕透了。

后来，沃森学飞行，却在飞行中找到了非常愉悦的感觉，于是，他在驾驶飞机中找到了人生的乐趣和信心。随后在第二次世界大战里，他成了一名出色的空军军官。

这段经历，让他真正了解了自己：我有一个富有条理的大脑，能抓住主要东西，并能把它准确地传达给别人，而不是像以前那样，显得一无是处。

从部队退役后，沃森子承父业，在他父亲的公司里工作，表现得非常出色，获得了父亲的赞许。

不久，他继承了父亲的产业，成为美国国际商业机器公司的新一任总裁。他不负众望，让公司迅速跨入了计算机时代，并使年盈利额在短短十来年时间里，快速增长了十多倍。

人生成功的诀窍在于经营自己的长处，做自己感兴趣的事，无论何时都不会晚。所以，找准自己的长处，将自己擅长的一面发挥得淋漓尽致，透过周围人对自己的评价，以及自我审视，都能对自己做一个精准的定位。反过来，在定位的过程中，人也能很容易发现自己的长处和优势。认清了自己的优势，就能找到发挥自己优势的最佳位置。这样，你便会找到奋斗的感觉、人生的乐趣，而这样对待事业你会更加全身心地投入，工作起来就会驾轻就熟，游刃有余，自然也就很容易获得成功。

所以，做自己感兴趣的事情，经营自己的长处，按照自己的意愿过一生你会更加快乐。

告别弱小，做强大的自己

前几年，社会上流行一本畅销书，是美国著名管理学家马库斯·白金汉先生写的《现在，发现你的优势》。

这本书的面世，曾引起了人们的广泛关注，也帮助人们找到了成功的秘诀：发现和利用你的优势。

人生在世，谁都有优势和劣势，然而，人生就是一个发现优势并利用优势的过程。如果一个人只会凸显出自己的劣势，那他的生命毫无价值，人生也会暗淡无光；如果他把优势激发出来，那就会让人眼前一亮，他的生命也会焕然一新。

去过寺庙的人都知道：当你走进庙门的时候，首先看到的是笑脸迎客的弥勒佛，而在他的北面，则是黑口黑脸的韦陀。为什么要这样设置呢？

据说在很久以前，弥陀和韦陀是供奉在两个不同的庙里的。弥勒佛性情开朗，整天笑口常开，让人觉得很有喜气，于是前来拜会的香客非常多。但弥勒佛也有个缺点，不善理财，对钱财不怎么在乎，甚至丢三落四的，钱进得多，出得也多，所以他的寺庙依然入不敷出。

而韦陀却是个理财好手，对事锱铢必较，账目管得清清楚楚。但他也有个缺点，太过于严肃，成天板着个脸，让人望而生畏，导致香客越来越少，最后香火近乎断绝。

有一次，佛祖在查香火的时候，发现了这个问题。为了把他们的优点都发挥出来，佛祖于是就做了一个安排，将他们俩放在同一个庙里：由弥勒佛负责"公关"，笑迎八方客，于是香火大旺；而韦陀则负责理财，严管账务。这样，寺庙就兴旺起来了。

每个人都有优点，关键是要学会发现，以及如何运用。正像上述故事里的佛祖一样，因地制宜，因人施用，很多事情就会因此变得事半功倍。

优势并不在表面上，让人能够一目了然，它往往隐藏在一个人的内心深处，需要寻找和挖掘才会体现出来，并为人所用。人一旦有了优势，他的事业就会所向披靡。

因为成绩太差，而且家境贫寒，他小学刚毕业就辍学去了一个建筑工地做小工。那年，他只有 13 岁。

但他不是一个甘于平凡的人，他不甘心过一辈子农民工的生活，于是下定决心，决定以魔术师为职业。历尽艰辛之后，终于在 26 岁那年，他荣获了世界魔术比赛亚军，从此成为具有国际影响力的魔术大师。他叫翁达智，是广东新会人。

翁达智从小就喜欢魔术，读小学的时候，他就学会了一些魔术的变法。

1989 年，16 岁的他做出一个惊人的决定：去美国观摩魔术大会。

于是，他把自己这几年辛苦赚的钱全部拿了出来，还找工友借了一些。这个举动惹怒了家里所有的人，父母气得几乎要与他断绝关系。

但翁达智不顾家人反对，还是毅然去了美国。当时，他是以魔术师的身份办的签证，来到会场，却被告知必须通过考核后才能参加。

当着众多魔术师的面，翁达智当即表演了一个"空钩钓鱼"。他拿着一支鱼竿，走上了舞台，当着台下众多魔术师的面，一甩竿子，刚才还空着的鱼竿，忽然间就钓上了一条金鱼。

他的这一表演立刻迎来了同行的掌声。

美国魔术协会主席上台拥抱他说："你这个魔术不但完全能过关，而且还有参加比赛的资格。"

从美国回来后，翁达智更是全身心地投入到自己的魔术事业中，他的"吉尼斯人体切割"更是奇妙。

有一天，新会市一家著名的百货公司邀请翁达智去给分店的开张表演助兴。百货公司请了许多人，有政府官员、歌星、相声大师、报社记者……当翁达智和他的一个助手上台时，台下议论纷纷：一个毛头小子能玩出什么花样？

翁达智不动声色地开始了他的魔术表演：他用刀割破助手的"喉咙"，又把他的"身体"分为三段，然后在助手身上盖上一块红绸布。他表示痛惜了好一会儿，才慢慢掀开绸布。

刚刚还在惊叫的观众，惊奇地发现：助手身上的血没有了，身体恢复了原样，眼睛开始转动，跟着站了起来……顿时掌声雷动，翁达智从此声名鹊起。

此后，翁达智的事业一步一个台阶：省电视台录播他的节目，他在广州开魔术道具店，去世界各地表演……他的魔术事业做得风生水起！

翁达智的成功值得人深思。一个建筑小工与一个国际魔术大师，无论是事业的成就、拥有的财富、社会声望都是无法相比的。那么，是什么原因造成这天大的差别呢？那就是：明确自己的优势与特长，坚持不懈地努力下去直到无人能及！

从七八岁开始，翁达智就开启了自己的魔术人生，20多年信念不改。他拥有一颗无比光亮闪耀的内心，正是这种心劲支撑着他一步步走向远方，也让他告别了那个弱小的自己，站在了耀眼的舞台上绽放光芒，成了最出彩的那个人。

即使是不成熟的行动，也胜于胎死腹中的构想

仅仅只满足于不拖延，那还是不够的，我们要做到的，是不仅不能拖延，而且要做到"立即""马上"，并且还要做到高效率。幸运不是偶然的，只要勤奋地工作，每天多花几个小时用在工作上，就会把幸运女神召唤来。

美国时尚界有一个很著名的女子黛安，她之所以成功，与高

效率有很大关系。

黛安在进入时尚界之前，是意大利菲亚特汽车公司的继承人埃冈·冯·弗斯顿伯格王子的妻子，20 世纪 60 年代，他们夫妻是纽约社交圈里的名流，出尽了风头。但在黛安有了孩子之后，他们的婚姻却出现了危机。

黛安意识到男人是靠不住的，女人必须有自己的事业，于是便用父亲的贷款开了一家服装设计公司。当时，她 23 岁，正是年轻贪玩的年纪，但黛安却没有那样做，她把时间都用在工作和照顾孩子上。

她每天早上八点钟开始工作，直到深夜才上床休息。这样长的工作时间，即使一般的男人都坚持不住，但黛安做到了。

她也经常感到累，她想："天啊，我太累了，真是筋疲力尽啊！我这样干下去到底为的是什么呢？但是，工作使我非常兴奋，也让我感到很安全，因为我掌握住了自己的生活，我不用妒忌和羡慕任何人。"

凭着这样的努力，在五年时间里，黛安的公司业绩成倍增长，从最初的一个小公司已经成长为一个销售额每年达到 300 万美元的时装企业。而且她还开办了一家化妆品公司，并用自己的姓名做商标，用以生产围巾、手袋、皮鞋等产品。

黛安在工作的同时，把孩子照顾得也很好。看到很多事业型女性因为没有时间而放弃了做母亲的权利，她说："其实这两者并不矛盾，只要你把时间都利用起来，做到马上行动，追求高效率，那么你完全有时间和精力同时做好事业和母亲这两种职业。"

黛安说："我的成功秘诀就在于我的信念，那就是抓住机会去做以前没有想过的事情和可能成功的事情，保持灵活应变的能力，然后迅速行动，保持高效率。"

在成功的路上，有一种不断前进的欲望推动着黛安，当她朝着一个目标努力时，她感觉自己就登上了一条开辟新生活的道路。商界的局面瞬息万变，她也会迷茫，但她一直保持着迅速的行动力，总是赶在局面变化前，实现自己的目标，从而获得成功。

她一直认为，那些拿处境来作为借口的人是不可理喻的，因为一个人的处境如何与他自己如何打算无关。只要上进，并马上高效率地行动起来，就没有不成功的。

黛安的成功告诉我们，要想将昨日的理想变成为今日的事实，就必须马上行动起来，不但要扎扎实实地去做，还要提高劳动效率，这样你才能够朝着你的目标大踏步迈进。

困难和问题很多时候都是自己想出来的，与其坐等天时地利人和，不如立即行动，去开创更有利的条件。

人类历史的进程中，正是因为将无数次的灵感与想法不断行之有效地付诸实践并改进，才有了今天在各个领域的辉煌成就。无论多么逼真细致却裹足不前的构想，都不如专注高效立刻去实施——前者只是一幅美好的愿景，后者却会成为真切的现实。

第九章

世界并不完美，转变才能拥有美好明天

完美可以是人生的目标，但不能用它来作为衡量生活中人和事的标准。

完美只是一种理想的状态，绝对的完美是不存在的。如果一个人抱着绝对的心态，诸事都苛求完美，那会过得很累。

世间事物本身就是残缺不全的，只有残缺，事物才正常，才能长久。所以，我们要学会欣赏残缺的美，懂得知足，才能懂得真正的快乐。

完美只是一种理想，缺陷其实是一种恩惠

人人都想追求完美，可人生往往有太多的不完美，例如明明喜欢这种职业，最后做的却是另一种职业；明明喜欢这个人，最后在一起的往往是另一个人；一直想去做一些事，却常常不能如愿以偿。

有些人或许会为此留下遗憾，甚至耿耿于怀。

其实大可不必，因为世间的事物本来就不是完美的，人生不如意之事十有八九，就像月亮一样，最圆的时候也就是那么短暂的一瞬间，其他大部分时间都是残缺的。

一个人做事也是一样，没有最完美的事，只能一步步完善，最多接近完美而已。因为，完美有时候只是一种"极限"，一种理想状态。

达·芬奇是文艺复兴时期意大利最著名的艺术家，同时是画家、雕刻家、建筑师、工程师、音乐师、哲学家、科学家，他的绘画风格影响了几个世纪，其代表作品《最后的晚餐》和《蒙娜丽莎》成为人类历史上的经典作品。

1519 年，达·芬奇客居法国，生命即将走到尽头。

眼看属于自己的时间不多了，很多理想都不能实现，他痛苦

地对身边的人说："我这一生不过是一次酣睡罢了，我一生一事无成！"

荷兰画家凡·高，一生中创造出了许多艺术瑰宝，其作品《向日葵》更是价值连城。

然而，在他生命的弥留之际，他对自己的弟弟说："我很痛苦，我一生一事无成。"在此之前，他烧掉了很多自己辛苦创作出的作品，因为离心中的"杰作"相差太远。

有不少人抱有一种追求完美的心理，认为事物只有完美了，才是圆满的。

心理学中有一个"鸟笼效应"，说的是：有了一个豪华的笼子，必定会养一只与笼子相配的鸟。

著名心理学家詹姆斯有一天跟他的好友、美国物理学家卡尔森教授开玩笑说："我有办法让你养上一只鸟。"

卡尔森教授摇头说："不可能，因为我没这个习惯。"

后来，在卡尔森教授60岁生日那天，詹姆斯送给他一只精美的鸟笼作为生日礼物。

卡尔森教授于是把鸟笼挂在了家里，但这一挂上去之后，问题就来了。来卡尔森教授家做客的人，都会问一句："卡尔森教授，你家的鸟什么时候死了？"

卡尔森教授每次都要费力地解释一番。慢慢地，他开始关注这只鸟笼，发现它很精美，但又似乎很不协调，于是就去买了一只鸟装进去，这样就协调起来了。

这是一种典型的追求完美的心态：如果看到一件事物不完

整，就希望把缺失的那一块补起来，从而让它完美起来。

然而，完美只能作为一种理想，但不能完全作为我们为人处事的标准，因为世间的事物大多数情况下是残缺不全的，完美的事非常稀少。如果一味地追求完美，苛求毫无瑕疵，那你将背上一个沉重的包袱，永远都很累。

一个年轻人，有一次读了契诃夫的一段话："要是已经活过来的那段人生，只是个草稿，有一次誊写的机会，该有多好。"

他非常神往，于是就向上帝申请，在他的身上搞个试点。

沉默了一会儿，看在契诃夫的名望和年轻人期盼的分上，上帝决定让年轻人在寻找伴侣这件事上尝试一下。

很快，年轻人就遇见了生命中的第一位恋人。那是一位非常美丽的姑娘，而女孩对他也一见倾心。年轻人感到非常满意，于是两人很快就结成了夫妻。

然而，结婚没多久，年轻人就开始苦恼。因为他发觉女孩虽然很美，却是个爱惹事的主，说话做事老喜欢捅马蜂窝，给他惹来不少事端。

愤怒之余，他把女孩给休掉了，把第一次婚姻作为草稿给抹了。

过了没多久，年轻人又迎来第二次婚姻。这次遇到的女孩，不仅很美，而且还相当聪明，很能做事，让他感觉很美满。

可婚后没多久，他发现这个女孩性格强势，爱发脾气，于是两人常常吵闹不休。年轻人终于忍受不了了，他便祈求上帝，让他再修改一次。于是，他把第二次婚姻又作为草稿给抹了。

在第三次婚姻的时候，他遇到的女孩在前两位的基础上，又加上了一条：脾气非常好。女孩对他百依百顺，两人如胶似漆，这次，年轻人认为已经很完美了。

可没多久，女孩患上了重病，卧床不起，一切都要年轻人做牛做马般地服侍着。于是在疲惫之下，年轻人又向上帝"退了货"……

满腹狐疑的年轻人，在人生的道路上踌躇着，突然看见前面竖着一杆路标，是契诃夫写的另一句话："其实完美只是一种理想，就算你修改十次，也不会没有遗憾！"

是的，人生根本就不存在百分之百的完美，那只是一种理想状态——可以追求完美，但不要苛求完美。

追求完美，能让人获得积极的力量，这份力量让人有勇气走在缺憾丛生的人生路上。因此，追求完美是接受人生有缺憾这一客观事实，然后努力避免和弥补缺憾。

苛求完美，则是不愿意承认人生中有缺憾存在这一真实存在的现象，而是相信任何事情和任何人都要完美无缺，否则就无法忍受。这样的心态观念让完美成为一个包袱，既痛苦了自己，也为难了别人。

俗话说：金无足赤，人无完人。世间原本就没有绝对完美的事物。如同月有阴晴圆缺一样，在一个月中，月亮最圆的时刻也就一天左右的时间，其他时刻都是残缺的，但残缺的月亮也有残缺的美。

人生也是一样，大多数时候都会有残缺的、有遗憾的，完美只是一种理想状态，所以我们不要背上"完美"的包袱，而应该承认和接纳不完美的人和事。只有这样，缺陷才会成为你迎头赶上的动力，也才会变成你人生的恩赐。

鞋子合脚，路走得更远

人的一生，都在寻找自己的位置。社会上，不同的人身处不同的位置，处在不同的位置上则会有不同的生活和心境。

有位中年人感到很失意，于是跑到某寺庙去拜访一位得道高僧，希望能得到点化。

那位高僧见到中年人之后，双掌合十，问道："施主，你为何一脸愁容？"

中年人答道："大师，我都三十好几的人了，可至今都找不到自己的位置。"

高僧听完，顿了顿说："施主，你要找什么样的位置？"

"我也不知道。"中年人有点迷茫，之后又说，"就是适合我的那个位置。"

这时，高僧弯腰在地上拾起一片飘落的梅花瓣，微笑着说："其实，你的位置就在自己的脚下！"

中年人愣了一下，发现自己正端然肃立在高僧的对面，头顶

是一树怒放的腊梅，脚底是满地的零落花瓣，在夕阳的照耀下，无限美好，这不正是自己当前所处的位置吗？

中年人这一刻终于顿悟了：一个人不在于处在什么位置，而在于用什么心态去看待自己所在的位置。只要用心去领会，就能发现当前位置的美。

在社会中，每个人都有一个属于自己的位置，都在自己的位置上忙碌着。有的人对自己的位置非常满意，很知足，所以人生也过得非常快乐。

有的人却感觉自己与所处的位置格格不入，不安于现状，一直想逃离现状，想寻找一片新的天空。

还有的人则一片茫然，像浮萍一样随波逐流，飘浮不定。

曾在网上看到一则新闻：一位中学女教师，教书十年后，突然向校领导提出辞职，而她的辞职信被称为"史上最牛的辞职信"。

女教师辞职的理由，也就是她的辞职信上写的那几个字："世界那么大，我想去看看。"或许是这位女教师觉得教书太单调，太无聊了，所以想换个环境来体味一下人生。

这件事在网上炒得火热，但在这封辞职信刚传出时，这名女教师深感困扰，觉得与她预想的完全不同。

人生就像围城一样，外面的人想进去，里面的人想出来，相互都认为别人的位置好，而不去审视一下自己的位置，不去权衡一下自己到底适合哪种位置。

其实，相比于其他工作岗位来说教师要强很多，一般而言，教师这个岗位相对待遇不薄，假期充裕，之所以不满意，也许不是这个位置出了错，而是自己的状态需要调整。人应当为了自己的理想去追求，可是并不意味着要一山望着一山高。

学会活在当下，不是安于眼前的苟且，而是首先应该明确自己要什么，然后在自己的位置上脚踏实地赢得美好的未来。

一个人快不快乐，在于他适不适合现在的位置，在于他有没有找到适合的位置。社会上的位置各色各样，有的看起来高高在上，非常光鲜，有的看起来平平淡淡，非常低调。

但并不是每个位置都适合你，如果你的能力、兴趣、性格等方面不适合某个位置，虽然它看起来是不错，但你要么坐不上，要么坐上去以后也坐不长久。

挑选适合自己的位置，一半在位置本身，这属于客观原因；一半在自己本身，这属于主观原因。决定位置本身适不适合的因素在于能力，决定自己本身适不适合的因素在于心态。

假如你有很强的能力，即使把你扔在石头堆里，你依然会闪闪发光。如果你的能力只相当于一块石头，哪怕把你放进黄金堆里，你也变不成一块值钱的金子。

其次，决定你挑选合适位置的因素在于心态。你觉得自己所处的位置合适，安心于此的话，那么周围的一切都会以你为中心，向你而来，为你所用，你做起事情来自然是得心应手。

倘若你觉得自己所处的位置不合适，那么你的心里是不能静下来的，或惶惶，或忐忑，或抱怨，这样的心态做什么事情都不会顺畅，而做事不顺又会使你增加这个位置不适合的念头。

只有从这两个因素入手，才能找到合适的位置，而找准合适的位置，你也就获得了快乐。有一句话说：鞋子合不合脚，只有脚知道。

鞋子合脚了，走起路来就舒适、顺畅，人生路也就走得更远。

聪明的人，都懂得适可而止

一个人有强烈的进取心原本是一件好事，因为只有上进心才能促使你不断奋进。但上进归上进，做人却最忌争强好胜，万事都想争第一的人，往往会带来诸多危害，最终伤人伤己。

人一旦争强好胜就难免不合群，因为他会把周围所有的人都看成竞争对手，人际关系就会十分糟糕。因为一看到别人某方面比自己好，内心就不平衡，要么去比拼，把对方超越，要么就是在妒忌之下使用某些手段打压对方，以便把对方踩在脚下。

保持着这样的态度在与人相处，又能好到哪里去呢？

争强好胜，万事都想争第一的人，往往心胸相当狭窄，容易患上红眼病，而让自己的心态扭曲。

现代社会，需要的是大家的融合，需要大家合作起来，事情才会进展顺利；个人主义下，就算你能力再强，一旦跟大家不合群，那你也无法一手遮天。

争强好胜的性格往往是人的一种天性，如果一个人不能从这种自我的狭隘空间里走出来的话，那么他将会变得非常怪异。

有个男子生了对龙凤胎，长得相当可爱，但稍微长大后，各自表现出来的性格差异非常大。

有一次，儿子从学校回来兴奋地告诉父亲说："爸爸，我被评为好学生啦！看，还有一朵小红花呢！"

那男子开心地拍了拍儿子的脑袋说："好儿子，真争气！"然后又习惯性地问一句，"儿子，你们班上评上好学生的人多不多？"

孩子得意地回答："大家都评上了好学生。"

男子听了儿子的回答后，满脸的笑容顿时烟消云散。

有一次，他儿子参加了学校举行的田径赛跑，在比赛中，孩子荣获第二名。回到家后，孩子一边拿出奖状向父亲邀功，一边向父亲描绘着那场"激动人心"的比赛。

那男子却没有表现出开心的样子，反而质问道："儿子，每次赛跑你不都是第一名吗？这次只跑了第二，你还高兴得起来？"

"老爸，您不知道，那个跑第一的同学被我追得有多狼狈、凄惨，跑完比赛都快趴下啦！"

小孩子懂得的事，固然不如我们大人多，但是他们知道怎样想才是最快乐的。

然而，他那个闺女却是天生一副争强好胜的性格，每天都是第一个到校，第一个到教室。就是和弟弟一块儿上学，她也一定要走在弟弟的前面，从不允许弟弟"越位"。

她的学习成绩全班第一，在家又比弟弟大，她很喜欢"第一名"的滋味。

这两个小孩是不同的性格，男孩生性豁达，而女孩争强好胜。

在小的时候，性格的弊端暂时还不会凸显出来，毕竟学校竞争不牵涉太大的利害关系，可一旦步入社会，走上工作岗位后，这种争强好胜、诸事都要争第一的性格，会给女孩带来非常糟糕的后果。

尺有所短，寸有所长。人过于争强好胜，锋芒毕露，心就会很累，最后伤人伤己。

争第一的人，其实是在把自己推向风口浪尖，于是他就成了众矢之的，然而为了博取这个虚名，也许早已伤痕累累。人应该有一个"积极拼搏"的心态，而非事事争第一。

拼搏的时候，如果只把"第一"的位置作为目标，很容易迷失在争夺名誉的虚幻中，而忘记了拼搏的初衷是什么。

如果只是盯着"第一"去做事，即使在人生的某个阶段如他所愿超过了别人，那只是人生路上的一段短暂赛道而已，在漫漫人生马拉松中，最先笑着冲过终点的人，心中永远怀有明亮的理想与使命，而非冲着名次去冲刺。

名利得失只是一时的浮云，在实现人生理想的过程中，名利与位次会顺其自然而来，可是实现心中的抱负、活得更加精彩却并不是只想争夺第一的人能实现的。

所以，聪明的人懂得为理想全力以赴，对名利适可而止。

明天的出彩，得益于你今天的改变

俗话说："人生不如意事十之八九。"意思是说，我们的生命里不如意的事占了绝大部分。

虽然如此，但至少还有一两成是如意的、快乐的、欣慰的事，所以我们要想过得快乐，就要常想那一两成快乐的事，这样就会感到庆幸，懂得珍惜，不至于被八九成不如意的事所打倒。

去阅读人物传记和回忆录，可以总结出一条规律：凡是成名的人物，其实都是饱受苦难的，他们的生命轨迹，几乎就是"人生不如意事十之八九"的真实佐证。

他们在面对苦难时，总能保持乐观的心态，正面思考问题，他们自我激励的方式往往就是"常想一二"。一些成功的喜悦，往往就成了超越苦难的精神法宝，成为生命中最肥沃的养分。

的确，懂得珍惜拥有，那是人生的一种高境界。很多时候我们的不快乐都来源于我们贪婪的野心，盲目无止境地去追求，只会让我们的身心更加疲惫。

想要得到快乐，就要懂得珍惜已经拥有的——很多时候并不是我们拥有的太少，而是我们想要的太多，不懂得珍惜。古人云：知足者常乐。

世界上没有绝对的完美和幸福，一味盲目地追求，就像水中捞月一般，终将一无所得。如果我们再不懂得珍惜自己所拥有的东西，结果只能是在失去之后才感到珍贵，而这种惋惜已经无济于事。

"君不见黄河之水天上来，奔流到海不复回；君不见高堂明镜悲白发，朝如青丝暮成雪。"如果我们在拥有时不珍惜，那么我们也将会很快地失去所拥有的东西。

只可惜人生没有完美，诸如痛苦，诸如挣扎，诸如彷徨；人生总有许多美好的东西，诸如健康，诸如美丽，诸如幸福。这样，就必须给自己下一个定义：总得给自己一片天空学会飞翔；总得给自己一个角落学会遗忘；总得给自己一方空间学会成长。

一位生意人，有一天满脸愁容地来到一位智者面前。

"先生，虽然我非常富有，但周围的人都对我横眉冷对，充满敌意。我觉得生意场真像一场充满尔虞我诈的厮杀，您能不能教下我该怎么办？"

"那你就不要再厮杀呗。"智者淡淡地说。

生意人不太接受这样的告诫，于是带着失望离开了智者。一年后，他情绪变得糟糕透了，与身边每一个人都争吵相斗，冤家越结越多。他感到心力交瘁，再也无力与人一争长短了。

于是，生意人又来找智者，抱怨说："哎，先生，现在我不想跟人家斗了。我感觉身上扛着一副重重的担子似的，压得我都喘不过气来。"

"那你就卸掉担子呗。"智者淡淡地回答。

生意人感觉这样的说法等于没说，于是又失望地走了。在接下来的一年里，他的运气糟透了，生意遭遇了大挫折，妻子也带着孩子离他而去，他顷刻间变得一贫如洗。

他感到很绝望，于是再一次来找那位智者求助："先生，我现在已经伤痕累累，一无所有，生活里只剩下了悲伤。"

"那就不要悲伤呗。"

生意人似乎预料到了这样的回答，但这一次他并没有离去，而是选择待在智者住所不远的一个角落里。

那天晚上，他突然悲从中来，伤心地大哭起来，一直哭到天亮，心里的烦恼和压抑似乎都随着眼泪流了出来，一下舒坦了许多。

这时，他抬起头，早晨温煦的阳光正普照着大地，他感觉生活是那么的祥和。这时，智者走了过来，笑了笑说："一觉醒来后，迎来的又是新的一天，你看见那个每日都照常升起的太阳了吧？"

生意人终于顿悟了。

生活到底是沉重的，还是轻松的？是如意的，还是不如意的？这取决于我们如何去看待它。生活中会有各种烦恼和欲望，如果你摆脱不了它们，那它们就会如影随形地伴随在你左右，生活就成了一副重重的担子。

但如果你换个角度来看待这些问题，珍惜你所拥有的，在能力范围之内去争取你所想得到的，那么你会发现，生活竟是如此的快乐和美好。

同样一朵鲜花，懂得珍惜的人，会发现花朵的芬芳和美丽。不懂得珍惜的人，只会看到凋谢的残花败柳。

每个人每天都有快乐和烦恼，无论你选择快乐着过，还是烦恼着过，时光都不会为你停留。

一觉醒来又是新的一天，太阳每天都照常升起，生命每天都生机勃勃，所以选择放下沉重和不如意，放下烦恼和忧愁，珍惜拥有的一切，心中便会充满快乐。

到那时，你会发现生活原来可以如此简单。而正因为你今天的改变，明天才会变得更加精彩。

当我放过自己的时候，人生会更出彩

世间的事不可能是完美的，每个人身上都有光鲜的一面，也必然有阴暗的一面。如果用别人光鲜的一面来对照自己暗淡的一面，那自然是让人沮丧的；而如果换个视角，适当地欣赏一下自己好的一面，那你的自信心马上就树立起来了。

很少人会客观地了解自己。而自我欣赏，就是要知道自己、了解自己，给自己一个客观、公正的评价。

正如常言道："人贵有自知之明。"把人的自知称之为"贵"，可见人要做到自知是多么不容易。把自知称之为"明"，又可见自知是一个人智慧的体现。

人之不自知，正如"目不见睫"——人的眼睛可以看见百步以外的东西，却看不见自己的睫毛。也正是因为如此，大多数人都是不满足的，也是不快乐的。

其实，世间万物，都有自己优秀的一面，关键就在于你怎么去发掘和利用。

曾看过这样一个寓言故事：

有一天，小蜗牛疑惑地问妈妈："我们为什么从生下来，就要背负这个又重又硬的壳呢？"

蜗牛妈妈笑着回答说："因为我们身体没有骨骼的支撑，只能爬，可又爬不快，所以需要这个壳来保护我们呀！"

小蜗牛又问道："毛毛虫姐姐也没有骨头，也爬不快，为什么她却不用背这个又重又硬的壳呢？"

蜗牛妈妈笑着说："因为她能变成蝴蝶，天空会保护她啊。"

小蜗牛又反问道："可是蚯蚓弟弟也没有骨头爬不快，也不会变成蝴蝶，他为什么不背这个又重又硬的壳呢？"

蜗牛妈妈只好回答道："因为蚯蚓弟弟会钻土，大地会保护他呀。"

小蜗牛哭了起来："我们好可怜，天空不保护我们，大地也不保护我们，那谁来保护我们啊？"

蜗牛妈妈安慰小蜗牛道："所以我们有壳啊！"

要客观地、辩证地认识自己的长处与不足，要有自知之明。自视过高，就容易狂妄自大；估计过低，容易使自己的创新力、

开拓力受到压抑、束缚，影响积极性、创造性的发挥。只有自知，才能扬长避短，取长补短，并获得事业的成功。

一个人不能老是把目光集聚在自己的短处上，而必须发现自己的一些长处，适当地欣赏自己，才能树立自信，才能激发出奋斗的激情。

有这样一首小诗：

也许你想成为太阳，可是你只是一颗星辰；

也许你想成为大树，可是你只是一株小草；

也许你想成为大河，可是你只是一泓山泉；

做不了太阳，就做星辰，在自己的星座发光发热；

做不了大树，就做小草，以自己的颜色装点希望；

做不了伟大，就做实在，平凡并不自卑，做最好的自己。

所以，不要总是欣赏别人，也欣赏一下自己！

有这样一个故事来说明这个道理：有一位叫亨利的年轻人，年过三十还是一无所成，由此，人也变得比较消沉。

有一天，他独自站在河边发呆，不知道自己以后的日子该怎么过，甚至萌生了轻生的念头。

亨利是在孤儿院里长大的，从没有享受过父母的关爱，而且身材矮小，长相也不怎么样，说话又带着浓厚的法国乡下口音。因此，他也就成了许多人嘲弄的对象，甚至连他自己也一直很瞧不起自己，认为自己是一个又丑又笨且一无所长的乡巴佬，连最普通的工作，他都不敢去应聘。

就在亨利心灰意冷的时候，他的好朋友——与他一起在孤儿院长大的约翰，兴冲冲地跑来对他说："亨利，有个好消息！我刚刚从收音机里听到一则消息，拿破仑曾经丢失了一个孙子。播音员描述的相貌特征，与你丝毫不差！"

"真的吗？我竟然是拿破仑的孙子？"亨利听后激动得跳了起来。

联想到爷爷曾经以矮小的身材，用带着泥土芳香的法语发出威严的命令，指挥着千军万马，创造过许多辉煌战绩，亨利顿感自己矮小的身材同样充满了力量，讲话时的法国乡下口音，也带着几分高贵和威严。

第二天一大早，亨利便满怀自信地来到一家大公司应聘。

几十年后，已成为这家大公司总裁的亨利，查证出自己并非拿破仑的孙子，但这早已不重要了。

在一次采访中，曾有人向亨利提出一个问题："作为一名成功人士，您认为，在成功的诸多前提中，最重要的是什么？"

亨利没有直接回答他的问题，而是讲了上面这个故事。最后，他总结性地说道："接纳自己，欣赏自己，将所有的自卑全都抛到九霄云外。我认为，这就是成功最重要的前提！"

因此说，人要多把眼光放在自己身上，不足的地方就要去改进，失意的时候，多欣赏一下自己如意的一面。

要明白，没有一篇文章不被人指点，没有一个人不被人评论。所以被人贬低或是误解，不要自卑和沮丧，更不要自我放大自己的缺点和失意。

因此，要端正自己的心态，欣赏自己的优点和长处，然后自己给自己一个笑脸，并鼓励自己积极起来，这样你就能一直保持自信和奋斗的动力。

始终要记住一句话，别人的看法决定不了你的人生，只有你自己的看法才能左右你自己的人生。

蔡康永说过："镜子脏的时候，我们不会误以为是自己脸脏，那为什么别人的随口批评，我们要觉得自己很糟糕？"欣赏自己，首先要有一颗澄澈的心来看待一切。

愿你我都能拥有这样的心，适当地放自己一马，人生会被更多的美充实……

追求自己所向往的生活

人生一世，匆匆数十载，在历史的长河中，也只不过是一朵小小的浪花。人们每天都在忙忙碌碌，却很少肯静下心来，认真思索一下：人生于世，到底在追寻什么？

人生于世，不外乎追求物质的富裕和精神的富有。

纵观人的一生，对物质财富的需求十分有限，而对精神财富的追求，才是真正的无穷无尽。所以说，生活中的东西，有些是不需要争的，也有些是不值得争的。

一个人真正需要追求的，不在于比别人拥有更多的财富，而在于不断地超越自我，不断地提升自己。这样，你才能让自己活得充实。

每个人有每个人的人生道路，每个人的人生都有精彩的瞬间。只是有的人忙于奔波，却不知道停下来好好欣赏路边景色；有的人只是抱怨一路走来的艰辛，却不知道，人生之路原本就是从坎坷之中走出来的；有的人畏惧攀登的风险，便领略不到一览众山小的意境；有的人只认为夜路黑暗，却不仰望满天星空照耀下的光芒。

其实，任何事都有两面性，人生也是如此，不可能只要其中的一面而拒绝另一面。

每个人都有自己的价值，都有自己追求的目标，只要把自己想要的争取到，把自己能做的做好，那人生就是精彩的。所以，你没有必要完全复制别人的人生轨迹，一味地步人后尘，拾人牙慧，那样只会迷失自我，让自己很累。

古时候，有一位公子，有一天在花园里独自散步，但令他感到惊诧和沮丧的是：花园里的许多花草树木都枯萎了，原本非常美丽的花园，如今却显得一片荒凉。

后来，公子慢慢查明了真相：松树因自己不能像葡萄一样长在架上，不能像桃树那样开出粉红妖艳的花朵，于是它郁闷死了；橡树觉得自己没有松树那么高大挺拔，因此也郁郁而终；牵牛花叹息自己没有紫丁香的芬芳，于是也慢慢枯萎了。

其他的植物也都垂头丧气，一副无精打采的样子。而园中唯独有一棵小小的心安草，却在茂盛地生长。

于是，那位公子走过去，好奇地问道："小小心安草，为什么其他花草树木都枯萎了，而你却长得这么茂盛呢？"

心安草笑着说："公子啊，我从不与其他植物攀比，所以也从不灰心失望，每天只是快乐地成长。"

的确，世间万物都有它们自己独特的生活方式，每个人也各有自己的长短，没有必要刻意去与别人攀比，只要把自己的事做好，按照适合自己的轨迹前行，自然就能获得人生的幸福。

曾看过关于卖茶姑娘孟乔波的一个故事：

1987 年，孟乔波 14 岁的时候，她在湖南益阳的一个小镇上卖茶，当时没有店铺，只是搭了一个简易的棚子。

那时的一杯茶才卖一角钱，因为她的茶杯比别人大一号，所以她的茶卖得最快，因此她总是快乐地忙碌着。

1990 年，她 17 岁的时候，把卖茶的摊点搬到了益阳市，开始改卖当地特有的"擂茶"。擂茶制作过程较为麻烦，但卖价也比较高。那时，她的茶生意还是红红火火的。

1993 年，她 20 岁的时候，仍在卖茶，不过卖茶的地点又变了，搬进了省城长沙，摊点也变成了小店面。客人进门后，必能品尝到热乎乎的香茶，在尽情享用后，他们还会掏钱再拎上一两袋茶叶。

到了 1997 年，在过去的这十年时间里，她始终在茶叶与茶水间摸爬滚打。这时，她已经拥有 37 家茶庄，遍布于长沙、西安、深圳、上海等地。福建安溪、浙江杭州的茶商们一提起孟乔波的名字，莫不竖起大拇指。

2003 年，到她 30 岁的时候，她最大的梦想实现了。她自豪地说了一句："在本该喜欢喝茶的国度里，终于有洋溢着茶叶清香的茶庄出现，那就是我开的……"这时，她已经把茶庄开到了香港和新加坡。十年如一日，只是为了做好一件事。

怎样的轨迹是适合自己的？决定一个人人生轨迹的，是他的兴趣爱好和人生目标。有的人追求平平淡淡，有的人追求荣华富贵。无论哪一种追求，都没有错，只要清楚自己想要什么样的生活，那就为此而努力。

别人的幸福可以作为借鉴，但绝不能成为自己人生的主导，因为我们能看到的永远是别人晒出来的幸福，真正的不幸各自都有，却不会被人拿出来公之于众。

要知道，真正的幸福只有一种，那就是追求自己向往的生活。

转变之前，请先终结你的拖延症

事有轻重缓急之分，倘若在工作中分不清轻重缓急，那么就会浪费掉很多时间，这比拖延症还要可怕。因为拖延症只是懒，而分不清轻重缓急的话，不但浪费时间，而且会很累，甚至有可能让之前的努力全部归于零。

"星期八"理发店的生意一直很好，美发师小李一边忙着给客人拉直板，一边用眼睛余光扫视坐在旁边烫头的顾客。其中有一位烫得已到时间，需要马上撤掉卷子。

他征调了一位助理去取卷子，谁知那位助理固执地要把手里的活儿忙完才去取卷子，最后导致顾客的头发因烫得时间太长而被烫坏掉。

这不但让小李之前的工作全部归零，而且给店里的声誉造成了很大的损失。

过后，助理并没有觉得自己有错，气得小李教训他说："你要知道事情一定要分清轻重缓急，忙也要忙在点子上。否则就是在做无用功，浪费掉时间不说，还浪费人力财力，甚至会遗祸无穷。"

要怎么才能做到分清轻重缓急，怎么样才能解决这个问题呢？其实并不难，只要每天按照事情的重要性和急迫性，列一张轻重缓急表就可以。但有很多人都做不到这一点。

小王去客串好友主持的现场直播节目，为了不耽误时间，他早早就到了现场待命。到了化妆室，他见好友正忙着化妆，这时有一名女子风风火火地在化妆间跑进跑出。好友告诉小王，这就是她的执行制作。

只见她一会儿忙这个，一会儿忙那个，像一只无头苍蝇，找不到重点。直到好友快上场，她还没有把场景布置好，却已经忙得人仰马翻。

后来，小王总结道：一定要记住，自己不要变成分不清轻重缓急的人，也不要和分不清轻重缓急的人共事。因为这样的话，是抓不住主次的，就会把工作搞得一塌糊涂，整个节奏都是乱七八糟的。

有时候，我们安排的事情很多，但时间却不够用，要该怎么做？在这时候，就一定要分清轻重缓急来，把紧急的、重要的事情摆在前面来做，把不重要的事情缓一缓，甚至放弃不做。

有一位教授在给即将毕业的学生们上最后一节课。令大家不解的是，讲桌上放着一个大木桶，旁边还有一大堆拳头大小的石头。"我能教给你们的都教了，今天我们只做一个小小的测验。"

教授逐一把石块放进木桶。当木桶再也装不下一块石头时，教授停了下来，问道："现在木桶里是不是再也装不下什么东西了？"

"是。"同学们异口同声地回答。

"真的吗？"教授随后又不紧不慢地从桌子底下拿出一小桶碎石。他抓起一把碎石，放在已装满石块的木桶里，然后慢慢摇晃，接着又抓起一把碎石……不一会儿，一小桶碎石就全部装进木桶里了。

"现在木桶里是不是再也装不下什么东西了？"教授问。

"还……可以吧。"学生们有点惶恐地回答。

"没错！"教授一边说一边，从桌子底下拿出一小桶细沙，倒在木桶的表面，然后慢慢摇晃。大约半分钟后，木桶的表面就再也看不到细沙了。

"现在木桶里是不是再装不了东西了？"

"还……还能吧。"学生们这样回答，其实是心里没底。

"没错！"教授看起来很兴奋，这一次，他从桌子底下拿出一瓶水，他慢慢地把瓶里的水往木桶里倒……

这个故事告诉我们一个道理：如果你不是首先把石块放进木桶里，那么你就再也没有机会把石块放进去了，因为木桶里早已装满了碎石、沙子和水。而当你先把石块装进去，木桶会有很多你意想不到的空间来装剩下的东西。

一个人的时间是有限的，但不同的利用方式会有不同的效果。所以一个人在打拼事业时，你必须分清楚什么是石块，什么是碎石，什么是沙子和水，并且还要把石块放在第一位。

你的时间在哪里，你的成就就在哪里。如果时间都用在了石块上，你的成就就如石块；用在了碎石和沙子上，你的成就就如碎石和沙子；用在水上，你的成就就如水。关键就看你如何运用时间，如何选择了！

有的人会觉得，放弃一些事情不做，心里就好像没有完成自己的工作，心里会产生内疚的情绪。其实，你是完全没有必要这样想的。

我们要知道，时间是有限的，我们要把时间用在对的点上，只有这样，才能提高工作效率，把重要的事情做得更出色。

什么是重，什么是轻？重要程度是指对实现目标的贡献大小程度，贡献越大，事情的重要程度就越大，反之亦然。所以我们安排事情的时候，一定要按照事情重要的轻重程度来做合理的安排，时间不够的情况下可做适当的删减。

轻和重有分别，轻重和缓急也有区别。是该先轻重，后缓急，还是先缓急，后轻重，这属于高效时间管理法的核心。在确定时间先后顺序时，我们应该先考虑事情的轻重，再考虑事情的缓急。

重要又急迫的事情，放在首要位置来做；重要但不紧急的事情，可以不紧不慢地做。如果这样的事情放在首要位置来做，就会显得很忙，还没有效率。

紧急但不重要的事情，视情况而定，但千万不能喧宾夺主，影响重要且紧急的事，所以自己要拿捏好分寸。

既不紧急又不重要的事情，比如闲聊，这种事情最好不做。

只有这样，才能让你忙在点子上。分清轻重缓急，把时间合理利用起来，做起事情来就会事半功倍。

后 记

向着光亮方前行，每一个人的青春都会出彩

大千世界，成功并不是少数人的专利，其实每一个人都有成功的潜能。如果透过那些成功人士光环的背后，去关注他们成功的历程，你会发现他们成功的秘诀其实非常简单：找到了自己感兴趣的事，然后满怀激情地投入到自己的事业中去，向着光亮方前行，一番努力过后，生命自然就会出彩。

一个找到自己事业方向并忘我前行的人，一定是一个对人生充满激情的人，这种人往往都有一个特点，那就是懂得珍惜和利用好生命中的每一分钟。成功和不成功的人一样，一天都只有 24 小时，但区别就在于他们如何利用这所拥有的 24 小时。

成功的人，往往是因为珍惜了这些宝贵的时间，将它们投入到自己的事业之中，把它们转化成了自己的财富；而普通人，却常常在闲散中把时间当成一种无聊而打发掉。

人们常说：只有偏执狂才能够成功。偏执狂并不是大家想象的那种精神异类的人，相反，他们才是真正理性的人。任何一项事业的成功，背后都需要持久的投入，只有沿着一个光亮的方向，一路风雨无阻地前行，你才能在成功的道路上比别人走得远，你才能达到你期望的地方，从而踏上成功的彼岸。

人的时间说长，会感觉它很漫长，说短暂，会觉得它如流水般匆匆。不同的感觉，其实反映的是人不同的心态。

对于人生迷茫的人来说，他们没有长远的追求，也没有自己感兴趣的事，整天纠缠在一些枯燥、闲杂的事务中，每天把时间当作一种煎熬在打发。如同一些职场人士一样，每天上班就是做着岗位职责内的那些简单、重复的工作，每天上班时就期盼着时间早点过去，以便早点下班。

多年过后，蓦然回首，他们会发现，随着自己年龄的增长，在事业上似乎毫无突破。于是，有的人便开始抱怨命运的不幸，其实，问题的根源恰恰就在自己身上。如果反思一下，你就会知道：从来没有在自己的事业上迈进一步，每天的时间都是在一些闲杂的事情上被毫无价值地打发掉，又哪来事业上的成功？

而偏执狂却恰恰相反，他们能够找到自己感兴趣的事情，能够找到自己的人生方向，从而执迷于自己的事业之中，甚至把它与自己的生命融为一体。于是他们点燃了人生的激情，会把能挤出来的每一分钟，都投入到自己的事业中去，乐在其中，废寝忘食。

在他们眼里，时间绝对不是无聊、煎熬，而是自己最宝贵的财富。当他们把自己能利用的所有时间都投入到自己的事业中去时，他们就能在某个领域里走得很远，于是自然而然地赢得了出彩的人生。

"成功的人无一不是利用时间的能手！"数学家华罗庚说的就是这个道理。放眼看去，凡是成功的人，都是善于利用时间的人。也就是说，事业上的成功，其实也是时间上的成功，善于合理利用时间，善于把时间投入到自己事业中去的人，才是成功最爱眷顾的人。

把时间用在你感兴趣的事业上吧，这样你才会全身心地融入到事业中去，从而走在正确的人生道路上。撇弃一切的杂念，沿着光亮那方前行，你终会到达光亮照耀的地方，从而在某个领域里大有建树，你的青春自然就会出彩！